Irene Mayer
Ich wollte immer schon mal weg!

D1705189

Irene Mayer

Ich wollte immer schon mal weg!

Fotos im Innenteil:
privat S. 29, 53, 101; ORF S. 76; Julian Vanderbeke S. 123,
Anna Karemyr S. 151

www.kremayr-scheriau.at

ISBN 978-3-7015-0501-2
Copyright © 2007 by Buchverlage Kremayr & Scheriau/Orac, Wien
Alle Rechte vorbehalten
Einbandgestaltung: Kurt Hamtil, Verlagsbüro Wien
unter Verwendung eines Fotos von Images.com/Corbis
Lektorat: Sabine Schlüter
Typografische Gestaltung, Satz: wolf, www.typic.at
Druck und Bindung: Druckerei Theiss GmbH, St. Stefan i. Lavanttal

Für Mahmoud

Inhaltsverzeichnis

„In Italien, könnte ich sagen, bin ich froher geworden, hier habe ich gelernt, Gebrauch von meinen Augen zu machen, habe schauen gelernt. In Italien esse ich gern, gehe ich gern über eine Straße, sehe ich gerne Menschen an." (Ingeborg Bachmann)

Die Sehnsucht, die uns treibt

„Nix wie weg" oder „Irgendwann bleib ich dann im Süden" – das waren meine prägenden Gedanken in den Jahren vor meinem Umzug nach Rom. Egal wo ich auf Urlaub hinfuhr, stellte ich mir sofort die immer gleiche Frage: Könnte ich mir vorstellen, hier zu leben? In dem festen Credo „Jeder Mensch braucht seinen Süden" ließ ich mich im Herbst 2000 – nach vielen längeren und kürzeren Aufenthalten entlang des Stiefels – in Rom nieder. Die Zeiten unrealisierbarer Sehnsucht und imaginärer Stadtplanung, wie schön es wäre, wenn Wien ein mediterranes Klima hätte oder am Meer liegen würde, waren vorbei.

Fest steht: Steigende Mobilität ist ein Trend unserer Zeit. Ein neues Lebenskonzept entsteht. Die Zahl junger, aber auch älterer Leute, die eine Zeitlang oder für immer im Ausland leben, wächst stetig. Zukunftsforscher prognostizieren einen neuen Auswandererboom. Laut Meinungsumfragen träumt jeder Dritte in Deutschland, Österreich und in der Schweiz von einem erfüllten Leben anderswo. Häufig sind es Frauen, die meist alleine den Sprung in die nahe und ferne Fremde wagen. Interessante internationale Jobangebote, Selbstverwirklichung, Ausstieg auf Zeit, Verliebtheit – die Gründe sind ebenso vielfältig wie die Lebenssituationen und Lebensläufe dieser Frauen. Es ist das erste Mal, dass Generationen von Frauen sich freiwillig für ein Leben im Ausland entscheiden können. Sie sind Pionierinnen eines neuen Lebensmodells, für das die Spielregeln erst geschrieben werden müssen.

„Nicht jeder ist dafür geschaffen, als Ehepaar mit zwei Kindern in einem Reihenhaus am Stadtrand zu leben." Dieser Satz stammt von Ingeborg Bachmann, die von den 70er-Jahren des 20. Jahrhunderts an bis zu ihrem Tod in Rom lebte. Es war die Antwort auf eine Frage nach ihrem für damalige Verhältnisse wenig konformen Privatleben. Seither hat sich in der Gesellschaft vieles geändert; trotzdem benötigt die Entscheidung für ein Leben fernab der sozial vorgegebenen Normen nach wie vor viel Energie. Der Einsatz lohnt: Das Maß an Freiheit, unser Leben selbst zu bestimmen, war nie größer als heute. Laufbahnen, die bereits in der Wiege festgeschrieben sind, gehören der Vergangenheit an.

Gerade ungewöhnliche Lebensläufe haben ihren besonderen Reiz. Es ist spannend, zu sehen, wie viele Möglichkeiten es gibt, sein Leben zu gestalten. Ich traf viele interessante Frauen, die den Mut hatten, den Sprung ins Ausland zu wagen. Trotz unterschiedlicher Lebensentwürfe verbindet sie eine Gemeinsamkeit: Sie sind Suchende, offen und neugierig für Pfade abseits bekannter Wege.

An diesen bereichernden Begegnungen mit außergewöhnlichen Menschen möchte ich Sie gerne teilhaben lassen. Die porträtierten Persönlichkeiten erzählen neben vielen Freuden auch von den Hindernissen, die das Alltagsleben in der Ferne mit sich bringt. Welche Auswirkung hat die Entscheidung auf das soziale Netz, aber auch in ökonomischer Hinsicht? Was bedeutet der Schritt für daheim gebliebene Freunde, Verwandte und die Familie? Wie fühlt es sich an, selbst im EU-Ausland immer irgendwie Ausländerin zu sein und doch nicht ganz dazuzugehören? Wie sind sprachliche Hürden zu nehmen? Wie gut oder schlecht gelingt Integration? Bekommt der Begriff Heimat eine neue Dimension? Wie lebt es sich in einer interkulturellen Partnerschaft? Wie baut man sich einen neuen Freundeskreis auf? Wie schöpft man Vertrauen, ohne alles in der Hand zu haben? Wie gesteht man sich ein, dass kulturelle Unterschiede in manchen Situationen doch bedeutsamer sind, als man bisher glauben mochte? All diese Fragen können auf einen zukommen, wenn man erst einmal Anfangseuphorie, Eingewöhnungsphase und den Aufbau einer neuen Existenz hinter sich hat. Als kleiner Trost: Sie sind damit nicht alleine. Die Protagonistinnen dieses Buches stehen Ihnen ermunternd zur Seite!

Folgende Frauen waren mir Gesprächspartnerinnen: Bachmann-Preisträgerin Birgit Vanderbeke beschloss während eines grauen Berlin-Aufenthalts, in die Provence zu ziehen – um endlich dort zu leben, wo es richtig schön ist! Krimiautorin Magdalen Nabb kann sich keinen inspirierenderen Ort für ihre Arbeit wünschen als Florenz. Sie lebt mitten am Schauplatz ihrer Gänsehaut-Geschichten: einen Katzensprung vom Carabinieri-Büro im Palazzo Pitti entfernt. Für Gabrielle Alioth ist Irland ihre „Insel der Sehnsucht". Die Autorin wusste vom ersten Augenblick an: „Das ist meine Landschaft." ORF-Korrespondentin Susanne Scholl ist von der unglaublichen Stärke und der großen Wärme vieler Frauen in Moskau fasziniert. Auch wenn es sie eines Tages wieder nach Wien zieht, steht für sie fest: von Russland kann man sich nicht scheiden lassen. Für Friedensforscherin Erni Friholt ist nach all den Jahren in Schweden eine Rückkehr nach Österreich ausgeschlossen. Sie könnte sich ein Leben ohne ihren Mann Ola und ihr alternatives Café auf der Insel Orust nicht mehr vorstellen. Ines Valentinitsch entschied sich anfangs aus beruflichen Gründen für Mailand. Mittlerweile hat sie die Stadt ins Herz geschlossen. Die Kollektionen der österreichschen Modedesignerin haben in der italienischen

Fashion-Metropole längst ihren fixen Platz neben Prada, Armani & Co.

Sehr abwechslungsreich und spannend sind aber auch die Lebenswege der Frauen, die nicht im medialen Rampenlicht stehen – wie die Erfolgsgeschichte der Tiroler Weinbäuerin Barbara Schwenniger, die den Sprung in die Top-Riege der Chianti-Produzenten schaffte. Bettina Röder warf für den Mann ihrer Träume ihren gut bezahlten Job in der deutschen Werbebranche hin und übersiedelte Hals über Kopf nach Rom. Nach einem Urlaub in der italienischen Hauptstadt wollte Designerin Ute Matthiesen-Gödecke ebenfalls nirgendwo anders mehr leben. Margit Menzl baute allein verantwortlich ein Sprachinstitut in der italienischen Hauptstadt auf. „Eine harte Schule", wie sie selbst sagt, die sie jedoch dank ihrer italienischen Freunde, die sie mehr Gelassenheit lehrten, bestens meisterte. Nach 25 Jahren fixer Anstellung in der Programmdirektion des Fernsehens drängte es Karin Schmid raus aus der Routine. Sie zog nach Prag und fing beruflich noch einmal ganz von vorne an. Ihre Eventagentur für romantische Hochzeiten, besondere Feste und ausgefallene Touren durch die goldene Stadt ist längst kein Geheimtipp mehr. Wer Elle Macchietto della Rossa zuhört, möchte am liebsten sofort die Koffer packen und zu einer Reise nach Vietnam aufbrechen. Ihre Begeisterung für das pulsierende südostasiatische Land und seine Bewohner steckt an. Wiebke Brinkmann erzählt über ihre Europa-Tour mit Mann und zwei kleinen Kindern. Drei Umzüge in drei Jahren führten sie von Brüssel über Rom nach Amsterdam. Psychologin Mary Ann Bellini schließlich verrät Strategien, die Geist und Seele reisefit machen und die verhindern, dass ein Kulturschock Sie womöglich aus der Bahn wirft.

Dies sind einige von vielen ungewöhnlichen Frauen, die ich auf meinen Recherchen traf und die ich in diesem Buch vorstelle. Sie bereuten ihre Entscheidung keine Sekunde und können jeder Frau nur Mut machen, den Schritt ins Ausland zu wagen. Trotz aller Bereicherung und Hochstimmung hält die Lebenskunst in internationalen Gefilden zahlreiche Herausforderungen bereit.

Reisefieber

Auslöser für einen Umzug

Gründe für ein Leben im Ausland gibt es genug: angenehmes Klima, Aussicht auf einen interessanten Job, Abenteuerlust oder Liebe. Ein wichtiger Motor bei der Entscheidung ist der Traum vom besseren Leben fern der Heimat. Mit mehr Wärme, mehr Lebensqualität und weniger Stress. Entgegen der weit verbreiteten Meinung, dass glückliche Menschen selten auswandern, ist eine miese Stimmung meist nicht der Grund für den Aufbruch zu neuen Horizonten. Vielmehr sind es Neugierde und Offenheit, die moderne Nomaden charakterisieren, aber auch der drängende Wunsch, über den Tellerrand zu blicken und eingefahrene Bahnen zu verlassen.

Bei vielen beginnt die Sehnsucht nach der Ferne schon sehr früh und gewinnt später während der Ausbildungs- und Studienzeit immer mehr Konturen. Oft sind diese Menschen angetrieben von einem tiefen inneren Wissen: „Es muss noch mehr geben." Dieses „Mehr" kann für eine beeindruckende Landschaft, eine aufregende Stadt, neue Menschen oder Sonne und Meer stehen. Bis die Lust auf Veränderung groß genug wird, um endlich die Verwirklichung seines Traums in Angriff zu nehmen, dauert es gewöhnlich eine Weile. Für die endgültige Umsetzung warten die meisten auf einen konkreten Auslöser, der das Projekt ins Rollen bringt.

Wer sich jedoch einmal dafür entschlossen hat, weiß: Ab nun gibt es kein Halten mehr!

Leben, wo andere urlauben

Stimmung: vorwiegend heiter. Zu leben, wo andere Urlaub machen, wünschen sich viele. Oft bedarf es einer Auszeit aus der Alltagsmühle, um zur Ruhe zu kommen und seine wahren Bedürfnisse zu spüren. Eine Bekannte von mir rieb sich in ihrem Beruf langsam, aber sicher auf. Zwölf-Stunden-Tage waren für die erfolgreiche Managerin in einem Medienkonzern keine Seltenheit, Wochenenden und Feiertage inklusive. Als sie im Urlaub mit einer Freundin auf Madeira nicht mehr abschalten kann, weiß sie: Es muss sich etwas ändern. Nach pausenlosem Handyklingeln und mehrmaligem täglichen E-Mail-Check fällt der Entschluss, ihr Leben zurückzuerobern. Die prachtvolle Landschaft der Atlantikinsel bietet den passenden Rahmen für einen Kurswechsel. Kaum aus dem Urlaub zurück, kündigt sie, löst ihre Wohnung auf, packt die Koffer und fliegt einen Monat später mit dem fixen Plan, sich eine Existenz als freie Reiseleiterin aufzubauen, nach Madeira zurück. Die ersten Kurven und Stufen, die sich ebenfalls auf dem Weg zu einem selbstbestimmten Leben befinden, hat sie gerade gemeistert. Keinen Tag hat sie ihren Managerjob vermisst, eine Rückkehr in feste Unternehmensstrukturen ist für sie ohnehin ausgeschlossen.

Faszination aus Schule und Studium

Mit den Erasmus-Förderprogrammen der EU, die 1987 ins Leben gerufen wurden, hat die Mobilität der Studentinnen und Studenten innerhalb Europas eine bisher völlig unbekannte Dimension erreicht. Ein Jahr im Ausland zu verbringen – für viele der Höhepunkt des Studiums –, ist eine enorme Bereicherung für jede Studierende. Mit dem Aufenthalt an einer europäischen Partnerhochschule wird nicht selten der Grundstein für ein späteres Leben im Ausland gelegt.

„Ausschlaggebend war in erster Linie mein Romanistik-Studium. Im Zuge dessen ging ich mit Erasmus ein Jahr nach Rom, das war sicher mein tollstes Jahr", erzählt Margit Menzl, die ihre Begeisterung für die Ewige Stadt schon als Au-Pair entdeckte. Die Liebe zu Italien wurde der 36-jährigen Leiterin des Österreich-Instituts in die Wiege gelegt. „Ich war erst ein paar Wochen alt, als mich meine Eltern in den Urlaub mitgenommen haben. Die Italien-Liebe gibt es also seit meiner Kindheit. Mir gefiel die Sprache. Hier einmal länger zu leben, das wünschte ich mir, seit ich 15 Jahre alt war."

An das Norddeutschland ihrer Kindheit und Jugend, wo es häufig grau und kalt war und wo sie im Regen auf die Straßenbahn zur Schule wartete, hat Brunhild Seeler-Herzog keine guten Erinnerungen. „Als ich mit 15 beim Schüleraustausch für fünf Wochen in das Leben einer französischen Familie eintauchte, war das für mich, wie wenn ich auf einem anderen Planeten gelandet wäre. Ich war fasziniert von der völlig anderen Lebensweise", berichtet die gebürtige Bremerin. Dazu kamen das Licht, die Heiterkeit, die französische Küche. Welten lagen zwischen Norddeutschland und dem besagten Lebensgefühl. Sie merkte schnell: Diese Mentalität lag ihr einfach mehr, und genau so wollte sie auch gerne leben. Doch bevor ihre Wahl schließlich auf Spanien fiel, segelte sie in einer Zwölf-Meter-Yacht von Marseille über den Atlantik und weiter über den halben Pazifik bis nach Tahiti. Dort verbrachte sie mit ihrem Ex-Mann und ihrer kleinen Tochter drei wunderschöne Jahre.

Die Übersiedelung nach Mallorca kam dann etwas überstürzt im Jahr 1986: „Es gab zwar schon Überlegungen, wieder in ein mediterranes Gebiet zu ziehen, doch den Ausschlag dafür, das weit schneller zu tun als vorgesehen, gab die hohe Strahlenbelastung in Oberbayern nach Tschernobyl." Bei aller Liebe zur Insel verlässt die Literaturübersetzerin, Journalistin und Autorin mehrmals im Jahr das bevorzugte Eiland der Deutschen: Nämlich immer dann, wenn sie mehrwöchige Studienreisen, vornehmlich nach Südamerika und Ozeanien, leitet.

Raus aus der Routine

In Phasen von Langweile und Leere fehlt meist der Antrieb für Bewegung. Hat der Frustrationspegel aber ein gewisses Limit überschritten, öffnen sich plötzlich Tür und Tor. Ansonsten sehr unangenehme Gefühlszustände werden zum Antriebsmotor, endlich den Plan in Angriff zu nehmen: Dem Umzug ins Ausland steht nichts mehr Weg. Glücksforscher wissen ja seit langem: Wer den Mut hat, seinen Traum zu leben, wird tausendfach dafür belohnt.

„Ich bin einfach gegangen. Im April 2005, mit meinem Auto, zwei Taschen voller Kleidung und zwei Büchern. Ich hatte keine Ahnung, was nun kommen würde, sah nur, was hinter mir lag: sieben Jahre quälendes Lehramtsstudium. Und ein Jahr Referendariat, das noch schlimmer für mich gewesen war. Und Fragen aufwarf: Wollte ich wirklich an die Schule? Was wollte ich, nun fast 30, überhaupt? Ich brauchte eine Pause. Ich brauchte Zeit zum Überlegen und Abstand", erzählt Julia Sigge über ihren Ausbruch aus einem freudlosem Lehrerberuf (Woman Deutschland). Destination: Bath in Westengland, das ihr von einer Reise in guter Erinnerung geblieben war. Der traditionelle Badeort des englischen Adels wurde zu ihrem Rettungsanker.

Auch wenn sich die Anfangseuphorie gelegt hat, vieles normal geworden ist und sie noch immer kein klares Berufsziel gefunden hat, passiert ihr manchmal etwas Unerwartetes. Etwa, wenn Julia Sigge mit ihrem Auto auf der linken Spur fährt und ihr Herz plötzlich einen Luftsprung macht. Dann wird ihr nämlich wieder bewusst: „Ich lebe jetzt in England. Einfach so."

War das schon alles?

Für einen Neuanfang ist es nie zu spät. In aktuellen Studien widerlegen Psychologen die These, dass Menschen Veränderungen mit zunehmendem Alter schwerer fallen. Endlich ist auch wissenschaftlich bewiesen, was intuitiv längst klar schien: Wer sich bewegt, bleibt körperlich und seelisch fit. Das beste Beispiel dafür ist Karin Schmid, die aus der Routine ihres festen Jobs ausbrechen wollte. Da muss es doch noch mehr geben als tagtäglich die gleichen Büromühen in der ARD-Programmdirektion, dachte sich die kulturbeflissene Münchnerin. „Nach 25 spannenden Jahren beim Fernsehen war ich plötzlich 50 Jahre alt und wusste: Ab nun bleibt alles so, wie es ist, bis zur Rente. Keine Chancen mehr für spannende Veränderungen."

Ihr damaliger Lebensgefährte, ein Historiker, stieß mit seinem Plan, aus Forschungsgründen nach Prag zu übersiedeln, bei ihr auf offene Ohren. „Selbst wäre ich nie draufgekommen. Auch dass ich in dem Alter noch einmal etwas total Neues beginnen könnte, wäre mir allein nicht eingefallen", gesteht die heute erfolgreiche Eventmanagerin und fügt hinzu: „Ich hätte ganz allein nicht den Mut zum Start in dieses Abenteuer aufgebracht." Dafür ist sie ihrem früheren Partner bis heute dankbar. „Zwar lebe ich nun in Prag wieder als Single, und dies problemlos und mit Genuss, jedoch brach unsere Beziehung erst auseinander, als ich mich hier schon eingelebt hatte."

Spontanes Glück

Nicht immer muss alles von langer Hand geplant werden, das Leben birgt bisweilen die besten Überraschungen. Oft schlummern Träume im Verborgenen und warten nur darauf, entdeckt zu werden. Taschen-Designerin Ute Matthiesen-Gödecke reiste im Sommer 1990 erstmals nach Rom und spürte sofort die tiefe Gewissheit: Das ist mein Platz. Es war Liebe auf den ersten Blick. Eine spontane Wende in ihrem Leben, denn ursprünglich wollte sie nie aus Deutschland weg.

„Ich bin mit Kolleginnen vom Theater nach Rom auf Urlaub gefahren, obwohl ich eigentlich viel lieber nach Madrid wollte. Doch dann habe ich die Stadt erst wahrgenommen und gemerkt, wie schön es hier ist", erinnert sich die gebürtige Husumerin. Die Urlaubswoche war rasch vorbei, es ging in fröhlicher Runde zurück nach Berlin. Daheim wartete wieder ihre Arbeit als Schneiderin am Staatstheater in Braunschweig. „Als ich damals im Flugzeug saß, da habe ich gemerkt, dass ich etwas hier gelassen habe. Ich hatte so das Gefühl, ich gehe wo weg, wo ich eigentlich hingehöre. Es war so eine Sicherheit, die mir sagte: Ich muss da hin."

Bis sie dann tatsächlich in Rom landete, bedurfte es eines kleinen Umwegs über Palermo, wo sie Gesellschaftsdame für ein deutsches Diplomaten-Ehepaar spielte. Doch schon bald zog sie in die italienische Hauptstadt und blieb dort. Heute, 17 Jahre später, betreibt Ute Matthiesen-Gödecke die charmante, römisch-deutsche Handtaschen-Manufaktur „La Borsa Roma". Das schwärmerische Gefühl von damals, das so spontan kam, hat sich gehalten. Wir sitzen in ihrem Lieblingscafé an der Piazza della Pietra und genießen einen Aperitif. Auch wenn die Designerin mit ihren Taschen alle Hände voll zu tun hat, gönnt sie sich immer wieder kleine Fluchten aus dem Alltag. Ein Spaziergang durch Roms Altstadt gehört dazu. Die warmen, rot, orange, gelb leuchtenden Häuser, die elegant gekleideten Menschen, der duftende Kaffee aus den Bars – in solchen Momenten fühlt sich Ute Matthiesen-Gödecke wieder wie frisch verliebt in ihre Traumstadt. Spätestens wenn das römische Licht beim Sonnenuntergang die Kulisse in ein unwirkliches Rosa taucht, denkt sie auch heute noch: Was für ein Glück, hier zu leben.

Aufregender Start

An ihre Anfangszeit in der italienischen Hauptstadt erinnert sie sich gerne zurück, trotz kleinerer Hürden. „Schwer ist es, wenn man sein ganzes Hab und Gut auf 20 Kilo reduzieren muss, die man im Flugzeug mitnehmen darf. Vor allem, wenn man vorher schon eine eigene Wohnung hatte und auf einmal wieder einen Teil zu seinen Eltern bringen muss." Dazu kam ein Hauch Wehmut: „Ich wusste, ich kann jetzt nicht so schnell nach Hause. Ich musste einige liebe Freunde zurücklassen."
Der Einstieg in die Arbeitswelt klappte reibungslos. Neben ihrem Studium an der Kunsthochschule in Rom arbeitete sie als Damenschneiderin. „Damit kriegt man schon immer einen Job und kann sich über Wasser halten. Das ist auch unkompliziert in Italien. Ich dachte, ich muss Zeugnisse übersetzen, das hat aber nie jemand gewollt. Das ist anders als in Deutschland. Es hieß einfach, komm her, zeig mal, was du kannst. Ich habe mich dann hingesetzt und angefangen zu nähen." Ihr erster Arbeitgeber war eine kleine Schneiderwerkstatt in San Giovanni, am Stadtrand von Rom.
Der Job machte ihr Spaß. Aber schon immer war der Wunsch nach etwas Eigenem da. „Bloß die Zeit muss dafür reif sein und die Voraussetzungen müssen da sein. Dass ich dann auf Taschen gekommen bin, war Zufall.

Ich hatte meine Nähmaschine zu Hause und entwarf meine eigene Kollektion. Ich dachte, schön wären jetzt ein passender Schuh und eine passende Tasche dazu."

Selbst ist die Frau

Dann traf Ute Matthiesen-Gödecke eines Tages den Täschner Antonio. Sie besuchte seine Werkstätte und war fasziniert von der sorgfältigen Handarbeit fern jeder Massenproduktion, aber auch die vielen Farben und feinen Ledersorten hatten es ihr angetan. Sie wusste auch diesmal sofort: So möchte ich gerne arbeiten. „Ich habe dann bei Antonio Taschenmacherei gelernt, arbeitete auch im Büro und in der Organisation, machte alles, wozu die anderen keine Lust hatten. Sie dachten wohl: ,Ach, die Deutsche ist so gründlich, die macht das schon.'" Ihr Interesse für Kleider schwand zusehends. In ihre Heimaturlaube in Deutschland brachte sie ab und zu eine selbst entworfene Tasche mit, die immer sehr gut ankam. „Zuerst wollte meine Mutter eine, dann meldeten sich meine Tante und Freundinnen, auf einmal kam ich dann zurück und sollte zehn Taschen machen", erzählt die Wahlrömerin. Die Arbeit wuchs und war neben ihrem Hauptjob nicht mehr zu schaffen. 1993 meldete Ute in ihrem deutschen Heimatort ihren neuen Beruf als Gewerbe an. „Das dauerte fünf Minuten. In Italien hingegen war das so kompliziert, dass ich nicht durchblickte."

Ihre Euphorie trug sie leichter über so manche Hindernisse, die ihr auf dem Weg in die Selbständigkeit begegneten. So steckt man leichter weg, was als allein stehende Frau in einer südlichen Stadt auf einen zukommen kann, ist Ute Matthiesen-Gödecke überzeugt. Durchsetzungskraft ist nötig, „damit sie einem nicht so auf der Nase rumtanzen".

Wie auf einer Bühne

Auf der Suche nach Freundschaften musste sich die Deutsche erst einmal umstellen. „Es war anfangs schwierig, weil ich mich ganz selten spontan allein mit einer italienischen Frau verabreden konnte. Das ging nicht, da sie zuerst ihre Familie, ihren Freund um Erlaubnis fragen musste, das wollte geplant sein." Man geht hier als Paar fort. „Fast alle Freundschaften, die ich habe, das sind Paare. Es gibt keine Frau alleine. Bis auf Shopping, da trifft man sich allein. Wenn wir ein Paar zum Essen einladen und er hat Magenschmerzen, dann kommen beide nicht", ist Ute noch immer ein bisschen erstaunt über andere Gepflogenheiten. „Ich konnte oft nichts mit der in Italien gerne schnell dahingesagten Floskel ‚Wir sehen uns!' anfangen. Ich dachte dann, ja, okay, wir treffen uns wirklich." Heute kann sie dennoch sagen: „Ich habe ganz enge, tolle Freunde, die ich nicht kennen gelernt hätte, wenn ich nicht hierher gekommen wäre." So sehr sie sich in Rom geborgen fühlt, erlebt sie sich doch als Zuseherin: „Ich spiele nicht mit, habe eher so eine Statistenrolle, aber ich bin nicht auf der Bühne. Deshalb bin ich auch nicht richtig integriert."

An zwei Orten zu Hause

Bei ihrem Heimaturlaub vor sieben Jahren lernte Ute Matthiesen-Gödecke ihren Mann Andreas, einen Nordfriesen, kennen. An einen Mann aus ihrer alten Heimat hat sie nie gedacht, denn sie wollte am liebsten ewig in Rom bleiben. „Durch Andreas habe ich dann auch mein Zuhause wieder neu empfunden, weil ich ja die sieben Jahre immer nur zu Besuch war. Durch ihn habe ich meine Wurzeln neu schlagen können. Das ist schön, weil einem das so abhanden kommt." Bei aller Verliebtheit überkamen sie aber auch Zweifel: „Jetzt soll ich da wieder hoch und da wieder leben, wie soll das denn alles gehen? Das hat mir schon Angst gemacht, weil ich ja nicht wusste, ob er überhaupt bereit ist, mit mir in Rom zu leben", erinnert sich Ute, die sich ein Leben in einem norddeutschen Dorf damals überhaupt nicht vorstellen konnte. Das Gefühl, das sie früher empfand – „Schön, wenn ich hinfahre, aber noch schöner, wenn ich wieder wegfahre" –, hat sich jedoch geändert. „Jetzt ist das wieder neu, ich sehe das mit anderen Augen, ich freue mich, wenn ich meine Eltern, meine alten Freunde treffe. Das ist so beruhigend. Es ist nicht mehr so aufregend, dieses Entdecken, dieses Sich-Bewähren, sondern man kann auch mal verschnaufen." Momentan jongliert sie zwischen zwei Haushalten und ist damit zufrieden: „Das Nur-an-einem-Ort-Leben, das macht mir Angst. Ich empfinde es als Bereicherung, an zwei Orten zu leben, ich bin auch gerne unterwegs. Natürlich ist die lange Autofahrt anstrengend, aber es finden sich immer wieder schöne Orte, wo man rasten kann. Und dann gibt es Bekannte, die man besuchen kann."

Rom–Husum–Rom

Mit ihrem Mann wohnte Ute von Anfang an in Deutschland *und* Italien. „Diese Beziehung gab es nur so, das war so ein Warten und ein Aufeinander-Zugehen, denn wir wussten beide nicht, was auf uns zukommt. Ich weiß nicht, was passiert wäre, wenn Andreas gesagt hätte: Ich habe hier so einen tollen Job, ich bin so gerne hier und eigentlich interessiert mich Italien nicht. Ich möchte gerne, dass du kommst." Das bereitete Ute Sorgen. „Ich glaube, ich hätte das nicht gemacht, weil ich da auch gar noch nicht gewusst hätte, was mir verloren geht. Ich hätte es zwar geahnt, aber ich glaube, es wäre wirklich

eine ganz schlimme Frage gewesen, wenn er sie mir gestellt hätte." Glücklicherweise orientierte sich ihr Mann
damals beruflich gerade neu und ließ sich mitreißen.
„Ich sagte: Komm doch mit, machen wir das zusammen",
erzählt Ute. „Andreas ist eigentlich Maschinenbauinge-
nieur, und jetzt auf einmal schlägt er sich mit Taschen
und Schuhen herum. Er schmeißt das Büro. Es ist für ihn
natürlich ein bisschen schwierig, denn er ist ja nicht nach
Rom gegangen, weil er Rom so liebt, sondern er ist nach
Rom gegangen, weil er *mich* so liebt. Deshalb, glaube
ich, ist es für ihn nicht immer so leicht. Ich merke, dass
er doch ganz gerne wieder in Nordfriesland ist, denn das
ist mehr seine Welt." Die Zeit wird gerecht auf beide
Länder verteilt: sechs Monate Norden, sechs Monate
Süden. „Aber wer weiß", räumt Ute ein, die sich momentan nicht für einen Ort entscheiden möchte, „kann schon
sein, dass ich im Alter lieber in Deutschland bin, wenn
ich mir die Krankenhäuser hier ansehe. Obwohl ich mir
nach der deutschen Gesundheitsreform da nicht mehr so
sicher bin."

„Ich bin heimgekommen, als ich nach Florenz zog"
Krimiautorin Magdalen Nabb im Gespräch

Vom Sofa ihres Wohnzimmers blickt Magdalen Nabb direkt in ihren idyllischen Garten. Gemeinsam mit einem
befreundeten Floristen hegt und pflegt sie das Kleinod.
Die grüne Oase mitten in der Altstadt von Florenz war
der Grund, warum sie diese Wohnung überhaupt gekauft hat. Als die gebürtige Britin ihr künftiges Domizil
in der Nähe des Palazzo Pitti zum ersten Mal sah, fand
sie eine heruntergekommene, finstere Bruchbude vor.
Die Räumlichkeiten standen auch schon drei Jahre zum
Verkauf und niemand wollte sie haben – trotz des akuten
Wohnungsmangels, der in Florenz herrscht. „Kein Italie-

27

ner würde wegen eines schönen Gartens eine Wohnung kaufen. Ich wusste sofort, ich würde es tun." Magdalen Nabb schuf sich ein freundliches Heim, wo sie mit ihren zwei Katzen Daisy und Snoppy lebt. Am Schreibtisch steht ein Porträtfoto von George Simenon. Er war von ihrem Krimidebüt „Tod eines Engländers" so begeistert, dass er das Vorwort dazu schrieb. Als Kunstgeschichte-Studentin liebte sie Florenz schon, bevor sie jemals dort gewesen war. Aus ihrem Urlaub in der Toskana 1975 kehrte Magdalen Nabb nur mehr kurz nach England zurück, um für sich und ihren damals zehnjährigen Sohn die Koffer zu packen. Sie beschloss, für immer in Florenz zu leben. Die Anfangsjahre in Italien waren von finanziellen Durststrecken geprägt. Sie schlug sich als Lehrerin und Keramikerin durch, bevor ihr 1981 der Durchbruch als Krimiautorin gelang. Wenn die Erfolgsautorin abends auf ihrer Terrasse sitzt und auf ihre sehr persönliche Miniversion der nahen Boboli-Gärten blickt, erscheint ihr England wie eine Insel auf einem fernen Planenten.

Irene Mayer *„Ich bin heimgekommen, als ich nach Florenz zog", haben Sie einmal in einem Interview gesagt. Was löste bei Ihnen dieses Heimatgefühl aus?*
Magdalen Nabb Das ist etwas kompliziert. Man kann sagen, es fand auf drei Ebenen statt. Ich habe Kunstgeschichte studiert. Als ich in Florenz ankam, kannte ich schon die Bilder, die Architektur, die Geschichte. Außerdem wurde ich katholisch erzogen und fühlte mich aus diesem Grund der italienischen Kultur näher als der englischen. Und ich fühle mich in einer Stadt sehr wohl, die voll von Handwerkern und ihren Werkstätten ist. Ich habe selbst als Töpferin und Keramikerin gearbeitet.
I.M. *Sie haben England 1975 wegen der damaligen schwierigen wirtschaftlichen Lage verlassen. Freunde, die wie Sie Künstler waren, bekamen Zukunftsängste, gaben ihr Künstlerdasein auf und suchten sich irgendwo Fest-*

anstellungen. *Sie trafen eine un-konventionelle, mutige Entscheidung, die Sie, wie ich annehme, nie bereuten. Hatten Sie auch, wie viele, die nach dem Süden süchtig sind, den Traum vom Leben in wärmeren Gefilden?*

M.N. Die Entscheidung habe ich nie bereut. Ich finde alle Arten von Wetter interessant. In meinen Büchern schreibe ich immer über das Wetter – über Regen, Schnee, Sturm, Hitze. Die wirtschaftlichen Probleme machten ein Leben in England unmöglich. Ich wollte in meine Zukunft investieren.

I.M. *War es in den 70er-Jahren schwierig, als allein erziehende Mutter eines Sohnes einen Neustart in Italien zu wagen?*

M.N. Mein Sohn war zehn Jahre alt, als wir nach Florenz kamen. Es war meine Wahl, es war spannend, ich war neugierig auf eine neue Kultur und wollte neue Erfahrungen sammeln. Mein Sohn war in der englischen Schule ziemlich unglücklich gewesen, er hatte die Schule gehasst. Er fand sich hier besser zurecht. Mit der neuen Sprache war es am Anfang natürlich für uns beide schwierig. Vor allem mit dem Schreiben gab es Probleme. Er schrieb leidenschaftlich auf Italienisch, er schrieb sehr gerne, nur war der Lehrer leider mit seiner Wortwahl und seiner Satzstellung nicht ganz einverstanden (sie lacht).

I.M. *Welche Erinnerungen hegen Sie heute, mehr als 30 Jahre danach, wenn Sie an die Vorbereitungsphase und den „großen Tag" des Umzugs denken?*

M.N. Ich erinnere mich sehr gut an diesen Moment.

Ich weiß noch, dass ich täglich an Florenz dachte, allein schon wegen eines Bildes von Leonardo da Vinci, das in England an der Wand meines Zimmers hing. Am Tag des Umzugs beschäftigten mich natürlich viele organisatorische Dinge, ich musste an Fahrkarten und Fahrzeiten denken. Ich war zuvor schon einmal für zwei Monate als „Housesitter" in Florenz gewesen, das heißt, ich hütete ein Haus, und kannte von daher die Stadt schon.

I.M. *Welche Herausforderungen kamen in der Eingewöhnungsphase auf Sie zu und welche stellen sich bis heute?*

M.N. Ich musste mir mein Geld hart verdienen und mit sehr wenig überleben. Heute ist mein Leben einfacher. Zu Beginn arbeitete ich auf einem Bauernhof als Erntehelferin mit. Erst später war ich als Keramikern in Montelupo tätig. Ich lernte einen Töpfer kennen, der auf dem Land wohnte. Er empfahl mich an seinen Kollegen weiter, der eine Wohnung hatte und damals gerade eine Mieterin suchte.

I.M. *Was half Ihnen persönlich, um sich rasch in der „Wahlheimat" zu orientieren?*

M.N. Die Florentiner. Die Leute hier sehen Engländer als ihresgleichen an. Die Engländer haben Italien beim Aufbau der Republik geholfen. Aber auch charakterlich sind sich Briten und Florentiner ähnlich. Der Held meiner Romane zum Beispiel, Maresciallo Guarnaccia, ist Sizilianer. Ein Sizilianer ist in Florenz nicht akzeptiert, aber ein Engländer sehr wohl. Daher war es einfach für mich.

I.M. *Gibt es etwas, woran Sie sich in Italien nach wie vor nicht gewöhnen können oder wollen?*

M.N. In den ersten Jahren machte mir die Hitze im Sommer sehr zu schaffen. Ich habe mich aber daran gewöhnt.

I.M. *Sie hatten schon lange, bevor Sie tatsächlich fündig wurden, Ihre Traumwohnung im Kopf, ein sonniger Garten durfte dabei nicht fehlen. Dass Sie sich in Ihren Räu-*

men glücklich fühlen, ist unbedingt notwendig für Ihre Arbeit. *War es schwierig, diese Wohnung zu finden, und welche Hürden mussten Sie bei der Adaptierung und Renovierung meistern?*

M.N. Es war überhaupt nicht schwierig, die Wohnung zu finden, ich habe bloß zwei Monate gesucht. Das dritte Apartment, das ich besichtigte, habe ich gekauft. Ich habe dem Makler sehr konkrete Angaben gemacht. Ich sagte, ich bin Schriftstellerin, ich will eine Wohnung in genau diesem Teil von San Frediano, aber nur in dem Abschnitt zwischen Palazzo Pitti und Porta Romana. Ich will einen Garten, ich kann so und so viel bezahlen und so weiter. Ich habe noch gesagt, rufen Sie mich ja nicht an, wenn das Angebot nicht genau zutrifft. Ich habe drei Wohnungen gesehen, und die dritte war es dann. Diese Wohnung, in der wir hier sitzen, war in einem schrecklichen Zustand. Sie stand seit drei Jahren leer und war dunkel, traurig und heruntergekommen. Ich musste alles renovieren. Aber für mich war es eine Freude, ich empfand es als Privileg. Es war wunderbar. Auch der Garten war verwahrlost. Dabei half mir ein befreundeter Gärtner.

I.M. *Es gibt ja viele Schriftsteller, die sich in Florenz niedergelassen haben. Sie scheinen jedoch die Gesellschaft der Leute, über die Sie schreiben, vorzuziehen. Warum meiden Sie Schriftstellerkollegen? Und sind aus der Arbeitsbeziehung zu den Carabinieri auch Freundschaften entstanden?*

M.N. Das ist ein Klischee. Es gibt ein paar Autoren, die eine Wohnung in Florenz haben, aber sie leben nicht hier. Es erscheint mir auch normal, dass man auch bei der Arbeit Freunde findet. Meine Kontakte zu den Carabinieri erstrecken sich mittlerweile über ganz Italien, da Carabinieri-Offiziere ständig versetzt werden.

I.M. *Ihre Bücher werden auch auf Italienisch übersetzt – wie hat sich das auf Ihr Alltagsleben hier ausgewirkt? Gibt*

es in Florenz schon einen Magdalen-Nabb-Tourismus, wo
Fans vor Ihrer Haustüre warten, an der ja auch Ihr Name
steht?
M.N. Nein, nun wollen wir mal nicht übertreiben. Ab und
zu grüßen mich Fremde auf der Straße. Sie grüßen mich,
weil sie mich vielleicht im Fernsehen gesehen haben.
Gegenüber meiner Wohnung gibt es ein Schuhgeschäft,
dessen Besitzer sich um meine Fans kümmert, ebenso
wie der Friseur. Die Leute lassen dort ihre Bücher zum
Signieren. Meine frühere Wohnung lag an einer Piazza,
wo es einen Fleischer gab, der diesen Dienst übernahm.
Die Fans trauen sich nicht, mich zu stören, es hat auch
noch nie jemand angeläutet.
I.M. *Die Florentiner Gesellschaft gilt als sehr verschlos-*
sen und auch von Touristen übersättigt. Gelang es Ihnen,
in diese Kreise vorzudringen?
M.N. Das stimmt, aber für mich war es leicht und kein
Problem.
I.M. *Sie haben 2004 erstmals an lokalen Wahlen in Flo-*
renz teilgenommen und beschreiben anschaulich den lau-
ten, chaotischen Vorabend der Wahl. War das für Sie ein
wichtiger Schritt in Richtung Integration?
M.N. Das war für mich sehr wichtig. Aber ich möchte
künftig auch an den nationalen Wahlen teilnehmen.
Ich finde, die Leute sollten in dem Land wählen, wo sie
leben. Ich lebe hier, ich bezahle Steuern hier und nicht
in England.
I.M. *Als Sie niemandem über Ihren Briefwechsel und*
später über das geplante Vorwort von Georges Simenon
für „Tod im Frühling" erzählten, weil Sie so überwältigt
waren, kam da der italienische Aberglaube durch – über
Positives nicht vorab zu sprechen, denn sonst geht es nicht
in Erfüllung?
M.N. Mein Briefwechsel mit Georges Simenon war und
ist mir sehr wichtig. Ich bin nicht abergläubisch, das hat
damit nichts zu tun. Ich habe aus privaten Gründen nicht

über diesen Briefwechsel gesprochen, bis Simenon eben das Vorwort zu meinem Buch schrieb. Dann wurde es ja ohnehin öffentlich.

I.M. *Ihre Opfer sind oft Ausländerinnen, mal sind es zwei junge Schweizerinnen (Tod in Florenz), mal eine englische Schriftstellerin oder im neuen Buch eine Japanerin. Sind Fremde besonders gefährdet?*

M.N. Ja, sie sind sicher gefährdet. Weil sie viele Gefahren oft nicht rechtzeitig erkennen und nicht richtig einschätzen können. Sie sind hier ohne Familie, ohne Unterstützung. Und wie ich in der Zeitung lese, passiert oft etwas. Meine Geschichten über ermordete Ausländerinnen beruhen alle auf realen Begebenheiten. Besonders bei „Tod in Florenz" gibt es einige Parallelen zu meinem eigenen Leben. Eine der beiden Schweizerinnen arbeitete auch als Keramikerin, sie fuhr mit derselben Autobuslinie zur Arbeit wie ich. Ich war damals die einzige Frau in der Keramikwerkstätte. Diese Gegend ist sehr speziell, es befindet sich eine Nervenheilanstalt dort. Es ist eine sehr merkwürdige Tatsache, dass Nervenheilanstalten auf die Umgebung abfärben. Oder ein anderer Fall: Eine Studentin, ich glaube, sie war Amerikanerin, mietete ganz in der Nähe des Palazzo Pitti eine Wohnung, die zufällig einer Freundin von mir gehörte. Auch sie wohnte in demselben Haus. Eines Tages traf ich meine Freundin auf der Straße, und sie erzählte mir, dass sie etwas beunruhigt sei, da sie das Mädchen schon länger nicht mehr gesehen habe. Aus der Wohnung drang zudem ein unangenehmer Geruch. Sie wandte sich an mich, da sie von meinen Kontakten zu den Carabinieri wusste. Das passiert häufig, dass Leute mich um Rat fragen. Das Mädchen wurde ermordet, ansonsten weiß man nichts von ihr. In einem Schrank des Zimmers, dort, wo jeder gewöhnlich geheime Dinge aufbewahrt, hat man neben der Leiche auch einen Samtbeutel voll roher Diamanten gefunden. Der Fall wurde bis heute nicht gelöst. Oder: Ein anderes Mal rief mich ein

Freund an, der von dieser Geschichte wusste. Er berichtete mir, dass er im gleichen Viertel auch eine Wohnung an eine Ausländerin vermietete, von der er lange nichts mehr gehört hatte und die auch keine Miete mehr bezahlte. Er wusste nicht, was tun, denn rechtlich durfte er die Wohnung ja nicht öffnen. Ich habe dann den wirklichen Maresciallo Guarnaccia im Palazzo Pitti kontaktiert. Er ließ die Straße absperren, die Feuerwehr stieg über das Fenster ein. In diesem Fall ging es verhältnismäßig gut aus. Das Mädchen ist einfach abgehauen, ohne die Strom- und Telefonrechnungen zu bezahlen. Maresciallo Guarnaccia zeigt sich immer sehr beunruhigt, wenn er all die allein reisenden Ausländerinnen sieht: „Ich möchte nicht, dass meine Töchter und Söhne so allein um die Welt reisen." Aufgrund seiner Arbeit ist er sich der Gefahr besonders bewusst. Ich habe zum Bespiel einmal ein Mädchen gerettet. In der Nacht sah ich auf dem Nachhauseweg von einer Brücke aus eine junge Frau, die von jemandem angegriffen wurde. Ich beugte mich über das Geländer und schrie hinunter, einfach um zu zeigen, da ist jemand, der zusieht. Daraufhin ließ der Mann von ihr ab und sie konnte zum Glück flüchten. Das war sehr naiv von ihr – sie hatte sich von einem Kellner zu einem „Spaziergang am Arno" einladen lassen. Für ihn war klar: das heißt Sex; für sie nicht. Das hätte schlimm ausgehen können. So was kommt leider häufig vor.

I.M. *Wären Sie ohne Italien und Maresciallo Guarnaccia auch zum Schreiben gekommen?*

M.N. Ja. Ich habe meine erste Geschichte als Siebenjährige geschrieben, eine Geschichte über Hasen. Dann schreibe ich noch immer Geschichten für Kinder. Ich habe früher schon Kurzgeschichten und Theaterstücke verfasst, die ebenfalls alle in England spielen. Als ich vom Land in die Stadt zog, spielte Italien eine immer stärkere Rolle. Inspiration für meine Kriminalromane liefert Florenz.

I.M. *Kennen Sie das Gefühl von Heimweh und wenn ja, was tun Sie dagegen?*

M.N. Nein, das kenne ich nicht. Wenn ich England sehen will, brauche ich nur vor meine Haustür zu treten. Nach kurzer Zeit inmitten des Getümmels englischer Touristen bin ich sehr froh, schnell wieder in meine Wohnung flüchten zu können.

I.M. *Sie haben begonnen, Kinderbücher zu schreiben, um Kindern ein bisschen aus ihrer Einsamkeit zu helfen. Pflegen Sie viele Kontakte zu Kindern?*

M.N. Das Einsamkeitsgefühl kennen fast alle Kinder. Solange sie noch sehr klein sind und Probleme haben, trauen sie sich nicht, jemandem davon zu erzählen. Das hier ist meine Heldin Josie (sie zeigt auf eine in der Sofaecke platzierte Puppe). Oft erzählen Kinder ihren Eltern und Freunden nichts, weil sie sich für ihre Probleme schämen und glauben, nur ihnen erginge es so. Die meisten Erwachsenen haben eine Vertrauensperson, mit der sie über ihre Sorgen sprechen. Wenn ich nun in meinen Büchern von solchen Schwierigkeiten schreibe, fühlen sie sich erleichtert. Ich erhalte sehr viel Post von Eltern. Da ist zum Beispiel Alin, eine Protagonistin meiner Bücher; sie besitzt alles. Immer wenn jemand etwas Schlimmes tut, genügt es zu sagen: „Sie oder er war wie Alin." Diese Alin nützt ihre Macht aus, so wie Berlusconi es tut. Meine Heldin Josie hingegen besitzt nichts. Wie die meisten Autorinnen von Kinderbüchern schreibe ich aus meinen Erinnerungen, ich kann mir jeden Moment meiner Kindheit ins Gedächtnis rufen. Oft wollen Erwachsene wissen: Wie schaffst du das, dich an alles zu erinnern? Ich frage dann zurück: Wie schaffst du das, dich an nichts zu erinnern? Für mich ist es, als ob es gestern gewesen wäre. Wenn Erwachsene Kinderbücher lesen, kehren viele dieser Erinnerungen wieder zurück. Ich beobachte gerne Kinder – besonders, wenn sie sich unbemerkt glauben, wie zum Beispiel am Meer. Ich lag am Strand und tat so, als ob ich schlief. Die Mütter gingen Eis holen. Da waren drei, vier Kinder, die den Kleinsten der Gruppe herumkommandierten: „Mach dies, mach das! Wenn du nicht brav bist, lassen wir dich allein, und deine Mama kommt nie wieder." Kinder können grausam und monströs sein. Die Erwachsenen hören das nicht und glauben, ihre Sprösslinge sind Engel anstatt kleine Teufel.

I.M. *Wie war das bei Ihrem Sohn?*

M.N. Mein Sohn war natürlich nicht so (sie lacht). Er war immer sehr ruhig und kreativ. Er zeichnete viel und konzentrierte sich auf seine Sachen. Das ist auch heute noch so. Er arbeitet als Architekt in London, möchte aber gerne wieder zurück nach Italien.

Planung und Vorbereitung

Organisationsarbeiten

Steht der Entschluss fest, ins Ausland zu ziehen, beginnt die Vorbereitungsphase. Getragen von Vorfreude, Euphorie und Aufregung, nimmt man diese zeitaufwändigen, organisatorischen Herausforderungen gerne in Kauf. Während die einen ihr Vorhaben bis ins kleinste Detail planen, entscheiden sich andere für den Sprung ins kalte Wasser. Dabei spielt sicher die persönliche Situation jedes Einzelnen die ausschlaggebende Rolle. Wer mit Familie und Kindern unterwegs ist, setzt andere Schwerpunkte als ein Single oder eine Studentin, aber auch andere als jemand, der für eine Firma, die den Neustart in logistischer Hinsicht unterstützt, mehrere Jahre ins Ausland geht. Unternehmen helfen in der Regel bei der Wohnungssuche und finanzieren den Umzug ebenso wie Sprachkurse. Am besten folgt dabei jede Frau ihrem eigenen Rhythmus und entwirft ihren individuellen Fahrplan.

Christiane Schmidt hielt sich mit Vorbereitungen nicht lange auf. Die gebürtige Ostdeutsche ging ihre Übersiedlung sehr pragmatisch an. Der Weg von der Idee bis zur Umsetzung war kurz: „Ticket buchen, Wohnung untervermieten und losfliegen", erzählt sie kurz und bündig. „Ja, okay, ein bisschen Aufregung war auch dabei." Ihr Antriebsmotor war weniger der große Amerika-Traum als vielmehr Neugier. „Ich habe ein B1-Visum beantragt, um sechs Monate in den USA bleiben zu dürfen. In dieser Zeit wollte ich sehen, wie es mir gefällt und ob ich dort gern für eine Weile leben möchte." Ihre Vorarbeiten beschränkten sich auf das Kofferpacken und die Suche nach einer Person, die ihre Pflanzen gießen sollte. Von einem eigenen Restaurant, das sie eines Tages eröffnen würde, war damals noch keine Rede. Erst als sie nach über zwei Jahren Kalifornien ihre Wohnung in Berlin aufgab und ein Container nach San Francisco geschickt wurde, stand für Christiane fest: „Ich bleibe noch eine Weile!"

Ich selbst erinnere mich genau an jenen Sonntagabend vor sieben Jahren, als ich an der Stazione Termini in Rom ankam. Die Luft war herbstlich mild. Ich reihte mich in die lange Warteschlange vor dem Taxistand ein. Meine Stimmung schwankte zwischen großer Euphorie und ebenso großer Unsicherheit. Im Gepäck hatte ich nur einen Koffer und einen freien Dienstvertrag mit einer damals boomenden Online-Agentur. Die ersten Wochen konnte ich im Gästezimmer bei einer Bekannten Unterschlupf finden. Aus Erfahrung weiß ich, dass sich in Italien vor Ort vieles leichter organisieren lässt. Die Effizienz von Internet und Telefon ersetzen zumindest in Rom keinesfalls die Wichtigkeit persönlicher Kontakte. Trotz chronischem Wohnungsmangel in der italienischen Hauptstadt fand ich schnell ein WG-Zimmer, Kontakte inklusive. Als ich sehr bald Besuch von einer österreichischen Freundin bekam, wunderte sie sich, dass ich nicht einmal meine eigene Kaffeetasse mitgenommen hatte: „Geht dir nichts ab von zu Hause?" Nein, ging mir nicht. Damals zumindest nicht. Nach einem halben Jahr löste ich schließlich meine Wiener Mietwohnung auf und transportierte nach und nach Umzugskisten Richtung Süden. Bei aller Spontaneität, Begeisterung und Sympathie für die Menschen dort hatte für mich ein interessanter Job im Ausland Priorität. Dies war die Bedingung, ohne die ich nicht weggegangen wäre. Da meine Agentur im Gegensatz zu Botschaften, internationalen Firmen oder Regierungsorganisationen keinerlei Hilfestellung bei der Organisation des Umzugs leistete, war ich sehr rasch mit dem realen Leben konfrontiert. Wer in Rom lebt, begreift schnell die italienische Grundregel, dass die Ausnahme die Regel ist. Die Jahre hier vergingen wie im Flug. Es war eine ebenso euphorische, beglückende, romantische wie anstrengende, turbulente, chaotische Zeit. Ein Gefühlskarussell, bei dem nur eine Empfindung fehlte: die Langeweile.

Spontanlösungen und Abenteuergeist sind nicht nach jedermanns Geschmack. Ausführliche Informationen über das neue Land erleichtern mit Sicherheit den Start. Je mehr Sie über kulturelle Gepflogenheiten, andere Lebensstile und ungewohnte Umgangsformen Bescheid wissen, desto mehr sind Sie vor unangenehmen Überraschungen, aber auch Enttäuschungen gefeit. Es lohnt sich, Bücher über die neue Wahlheimat zu lesen, mit Leuten zu reden, die das Land kennen und dort gelebt haben. Nehmen Sie sich für diese Phase ausgiebig Zeit.

Wenn international operierende Unternehmen Mitarbeiter ins Ausland entsenden, bereiten sie dies in der Regel gründlich vor. Sorgfältige Personalauswahl, interkulturelle Trainings und Sprachkurse stellen die Weichen für einen erfolgreichen Einsatz. Doch auch ohne den Rückhalt einer großen Firma können Sie als Privatperson sehr viel für einen geglückten Ortswechsel tun.

„Ganz praktisch helfen eine gute sprachliche und interkulturelle Vorbereitung und genügend Zeit für die Organisation der Ausreise", rät Brigitte Hild, die moderne Wanderarbeiter – im Fachjargon „Expatriates" – in aller Welt betreut. Oft müssen Mitarbeiter innerhalb von vier bis sechs Wochen ausreisen – das reicht zeitlich nicht, um sich ordentlich vorzubereiten. Die Gründerin des Beratungsdienstes „Going Global" betont, wie wichtig es ist, das private Umfeld nicht zu vernachlässigen: „Nur wer sich ausreichend Zeit nimmt, um richtig von Freunden, Familie und allem Vertrauten Abschied zu nehmen, ist wirklich offen für Neues." Auch wenn Ihnen im Umzugsstress der Sinn nicht nach einer Party steht, vergessen Sie nicht: „Glück ist, wenn man richtig feiert." Es muss nicht immer eine Riesenfete sein, aber trommeln Sie Ihre engsten Freunde zusammen und genießen Sie noch einmal das Zusammensein.

Im folgenden Abschnitt finden Sie wichtige Punkte, die Sie in der Planungsphase bedenken sollten:

Der Sprache mächtig

Wie sieht es mit Ihren Sprachkenntnissen aus? Sind Sie in der Landessprache so weit sattelfest, dass Sie sich mühelos mit Behörden, Organisationen und Kunden verständigen können? „Die Mühe, die man in das Sprachenlernen investiert, zahlt sich vielfach aus. Nicht nur, dass man mit Sprachkenntnissen viele Berufs- und Alltagssituationen gelassen meistert, man gewinnt dadurch auch einen viel tieferen Zugang zu den Menschen und der Kultur eines Landes", appelliert Brigitte Hild an die Lernwilligkeit künftiger Auswanderer. Melden Sie sich rechtzeitig zu einem Sprachkurs an einer Volkshochschule oder Universität an. Wenn Sie vorhaben, auf Englisch zu kommunizieren, stellen Sie sicher, dass Sie damit durchkommen und polieren Sie auch in diesem Fall Ihre Kenntnisse auf! Besser spät als nie: Wenn Sie all dies nicht mehr rechtzeitig schaffen, besuchen Sie in Ihrer Wahlheimat einen Sprachkurs oder nehmen Sie Privatstunden. Abgesehen von dem praktischen Nutzen, kann sich so ein Gastspiel als wertvolle Kontaktquelle erweisen.

Andere Länder, andere Sitten

Wissen Sie Bescheid über die landestypischen Umgangsformen? Sind Sie bereit, Ihre bisherigen Gewohnheiten in Arbeit, Alltag und im Privatleben zu ändern? Die Anekdotenreihe über Verhaltensweisen, die hierzulande gelten, anderswo aber als unhöflich, unpassend oder aufdringlich empfunden werden, ist lang. Peinliche Fehltritte können Sie aber durch Information und Wissen vermeiden. Bringen Sie genügend Bereitschaft und Neugierde mit, um sich auf eine andere Kultur einzulassen? Für Reiseziele außerhalb Europas, den USA und Australien sollten Sie sich die Frage stellen, ob Sie es schaffen, andere Religionen und Traditionen gebührend zu respektieren.

Die Kunst, allein zu sein

Können Sie auch längere Zeit gut mit sich selbst alleine sein, ohne sich einsam zu fühlen? Selbst wer mit dem Partner und Kindern umzieht, ist in einem fremden Land stärker auf sich selbst zurückgeworfen als in der gewohnten Umgebung. Das Sicherheitsnetz von Freunden, Familie, Bekannten, Kollegen fehlt. Die Erfahrung zeigt: Telefon und Internet können ein reales Zusammentreffen nur bedingt ersetzen. Leichter tut sich derjenige, der phasenweise auch allein ein glückliches Dasein führen kann, ohne in eine Depression zu verfallen. Selbsthilfebücher zum Thema Alleinsein sind zurzeit im Trend. Die Publikationen halten ein Plädoyer für den „neuen" Lebensstil und seine wohltuende Wirkung auf die Psyche. Positiver Nebeneffekt: Sie werden sich nach einem Auslandsaufenthalt autonomer fühlen und nicht mehr so abhängig von den Terminkalendern anderer Menschen sein.

Kassasturz empfohlen

Wie steht es um Ihr Geld und Ihre Finanzressourcen? Wenn Sie ohne Job ins Ausland gehen, brauchen Sie genügend Startkapital für Ihr Projekt, falls Sie sich selbstständig machen. Zudem sind ausreichend Rücklagen nötig, um die erste Zeit ohne Arbeit oder Einnahmen überbrücken zu können. Falls Sie erst an Ort und Stelle Arbeit suchen, planen Sie Ihren Zeitrahmen großzügig. Überlegen Sie sich, ob Sie auf Ihren gewohnten Lebensstandard verzichten können. Damit müssen Sie in den allermeisten Fällen, selbst im EU-Ausland, rechnen. Österreich, Deutschland und die Schweiz gehören zu den weltweit reichsten Ländern – auch wenn selbst hier nicht immer alles auf Anhieb klappt: Es wird auf hohem Niveau gejammert.

Die Einschränkungen können sich durch viele Bereiche des Lebens ziehen, angefangen von fehlenden Arbeitsplätzen bis zu fehlenden öffentlichen Verkehrsmitteln und mangelhafter Gesundheitsversorgung. In ärmeren Ländern wird man oft mit prekären Sicherheitssituationen konfrontiert. Es hängt stark von Ihrer persönlichen Flexibilität und Ihren Prioritäten ab, wie schnell Sie auftretende Lücken mit neuer Lebensqualität füllen. In Rom zum Beispiel wird man für einen anstrengenden Alltag unter anderem durch sonniges Klima, freundliche Menschen und köstliches Essen entschädigt.

Berufsglück im „Exil"

Die Chancen, in Europa, aber auch über die EU-Grenzen hinaus einen Job zu finden, hängen stark von der jeweiligen Arbeitsmarktsituation des Landes und der gewünschten Branche ab. Der Arbeitsplatz spielt eine wichtige Rolle dabei, wie zufrieden und wohl Sie sich in Ihrer neuen Wahlheimat fühlen. Welche Branchen sind wo gefragt? Wo habe ich mit meinem Know-how die besten Chancen? Wie hoch oder niedrig ist der Durchschnittsverdienst im jeweiligen Land? Worauf kommt es bei der Bewerbung an? Es lohnt sich, diese Fı vorab zu klären. Damit Sie bei der Stellensuche jeı der heimischen Grenzen Erfolg haben, bedarf es sı auch einer Portion Glück. Dieser können Sie abeı ıııt der richtigen Vorbereitung auf die Sprünge helfen. Auf dem Weg zu einem internationalen Arbeitsplatz haben Sie mehrere Möglichkeiten: Sie können sich an die Arbeitsämter Ihrer Heimat mit speziellen EURES-Beratern wenden. Diese haben nicht nur den Überblick über aktuelle Stellenangebote, sondern geben auch Auskunft über praktische, rechtliche und verwaltungstechnische Fragen, die in punkto Arbeiten im Ausland relevant sind. EURES steht für „European Employment Services" und ist ein Kooperationsnetz zwischen der Europäischen Kommission und den nationalen Arbeitsverwaltungen der EU-Länder inklusive Norwegen, Island, Liechtenstein und der Schweiz.

Das Internetportal www.europa.eu.int/eures listet freie Jobs in 29 europäischen Ländern auf und liefert Wissenswertes über die jeweiligen Lebens- und Arbeitsbedingungen – Wohnungssuche, Schule, Steuern, Lebenshaltungskosten, Gesundheit, Sozialgesetzgebung, Vergleichbarkeit von Qualifikationen und vieles mehr. Regelmäßig finden in zahlreichen Städten Europas „europäische Jobmessen" statt. Eine gute Gelegenheit, sich in Mobilitätsworkshops und an Informationsständen einen Überblick über die Jobchancen in Europa zu verschaffen. Internationale Jobbörsen im Internet bieten ein breit gefächertes Angebot; auf Beratung müssen Sie dabei verzichten. Zahlreiche, nach Berufskategorien sortierte internationale Angebote finden Sie bei folgenden Jobbörsen: www.worldwidejobs.de, www.stepstone.de, www.backinjob.de und www.monster.de.

Am besten nutzen Sie bei Ihrer Arbeitsuche eine Kombination mehrerer Strategien. Vorsicht ist in Südeuropa angebracht. In Ländern wie Italien, Spanien, Portugal und Griechenland geht es kaum ohne „Vitamin B". Die Chancen steigen, wenn Sie bereits vor Ort über Kontakte wie private oder berufliche Netzwerke verfügen, die Sie nutzen können. Der Sprung in die Selbstständigkeit war für einige Frauen, die ich Ihnen in diesem Buch vorstelle, die einzige Möglichkeit, im Ausland ihr Geld zu verdienen. Sie geben freimütig Einblick, wie es ihnen bei Existenzgründung und Existenzaufbau ergangen ist.

Auswärts studieren

Ein idealer Zeitpunkt, um Auslandsluft zu schnuppern, bietet sich während des Studiums: bis zu einem Jahr können Vorlesungen und Prüfungen an einer ausländischen Universität absolviert werden. Dabei erfährt man in der Praxis, ob einem das Leben in der Ferne liegt. Viele waren davon so fasziniert, dass sie auch später für längere Zeit oder für immer ins Ausland gezogen sind.

Neben positiven Konsequenzen für die berufliche Karriere sprechen noch viele andere Gründe für einen Auslandsaufenthalt. Man profitiert von der Erweiterung des Horizonts, perfektioniert Sprachkenntnisse und begünstigt den Erwerb von sozialer Kompetenz, Toleranz und kulturellem Verständnis. Je nach gewünschtem Gastland stehen diverse Programme zur Verfügung, über die man sich in den Auslandsbüros der Universitäten informieren kann. Die hier vorgestellten Austauschprogramme beziehen sich auf Österreich (Quelle: Österreichische HochschülerInnenschaft).

– Ceepus unterstützt Studierendenmobilität zwischen folgenden Ländern: Österreich, Bulgarien, Kroatien, Tschechische Republik, Ungarn, Polen, Rumänien, Slowakische Republik, Slowenien. Mehr Information dazu unter www.ceepus.org/ceepus.
– Erasmus gilt für alle EU-Mitgliedsstaaten sowie für

Island, Liechtenstein, Norwegen, Bulgarien und die Schweiz. Mehr Informationen unter www.sokrates.at/aktionen.

– Joint Studies sind Abkommen zwischen einer österreichischen und einer ausländischen Universität zum gegenseitigen geförderten Studierendenaustausch. Über diese Abkommen kann man an einer Partneruniversität sowohl innerhalb als auch außerhalb Europas studieren. Die Stipendiendatenbank des Österreichischen Austauschdienstes bietet einen Überblick über alle aktuellen Stipendien mit Information über Antragsvoraussetzungen, Einreichstellen usw. unter www.grants.at.

„Erasmus, das war mein tollstes Jahr"

Ein Studienaufenthalt in der italienischen Hauptstadt war richtungsweisend für den weiteren Weg von Margit Menzl, die seit 2003 in Rom das Österreich-Institut leitet. Mit ihrem Wunsch, in Italien Fuß zu fassen, klappte es nicht auf Anhieb. Viel Ausdauer, Ehrgeiz und ein einjähriger Zwischenstopp auf der Insel Menorca waren nötig, bis das Vorhaben fruchtete. Auch ein hohes Maß an Frusttoleranz musste sie aufbringen, um sich von den Absagen nicht entmutigen zu lassen. „Ich habe schon während meiner Ausbildung immer wieder meinen Lebenslauf an Firmen in Italien geschickt", erzählt Margit Menzl. Nach dem Studium absolvierte sie eine Ausbildung in Deutsch als Fremdsprache und einen Marketinglehrgang.

Doch die Arbeitssuche via E-Mail und Telefon von Österreich aus wurde ihr zu mühsam. Sie wagte das Abenteuer und brach im Sommer 2002 ohne Job nach Italien auf. „Ich bin einfach gefahren und konnte anfangs bei meinen Freunden wohnen, die ich aus Erasmus-Zeiten kannte", erzählt die gebürtige Obersteirerin. Soziale

Kontakte waren ihre Stütze: „Zum Glück war ich nicht alleine, ich habe tagsüber Arbeit gesucht und am Abend war ich dann mit meinen Freunden zusammen, das war fürs Gemüt absolut positiv." Ihr Einsatz hat sich gelohnt, denn nach nur zwei Wochen bekam sie eine Zusage vom Goethe-Institut Rom. „Ich habe im September ein Monat lang am Goethe-Institut ein Hospitationspraktikum absolviert. Ab Oktober unterrichtete ich anfangs nur einen Samstagvormittag, später bereits zehn Stunden in der Woche. Bis zum Sommer kamen stetig weitere Kurse dazu, wie auch ein zusätzlicher Lehrauftrag an einer Päpstlichen Universität in Rom."

Über Freunde fand Margit Menzl noch im Sommer eine Wohnung ganz nach ihrem Geschmack. „Da ich nicht unbedingt nur mit Italienern zusammenleben wollte, war diese internationale Wohngemeinschaft ideal." Der Einbruch kam, als sie nach dem ersten Jahr Bilanz zog: „Auch wenn ich mich gut über Wasser halten konnte, wollte ich eine sichere Grundlage und wissen, wie es beruflich weitergeht. Ich mochte nicht mehr auf Honorarbasis tätig sein. Außerdem wollte ich auch mehr gefordert werden und nicht ausschließlich unterrichten."

Fast wäre sie nach Österreich zurückgekehrt: „Als ich in jenem Sommer nach Hause fuhr, war ich schon sehr entmutigt und hatte bereits den Großteil meiner Sachen wieder mitgenommen."

Während sie sich langsam damit anfreundete, wieder in ihr altes Grazer Leben einzutauchen, entdeckte sie plötzlich eine Ausschreibung des österreichischen Außenministeriums. Margit Menzl bewarb sich um die Stelle als Institutsleiterin und wurde prompt genommen. Ihre Position als Leiterin des Österreich-Instituts, einer Einrichtung zur Förderung des Deutschen als Fremdsprache im Ausland, kam ihrem Wunsch nach mehr Verantwortung sehr entgegen. In den ersten Monaten warteten an ihren 12- bis 14-Stunden-Tagen täglich neue

Herausforderungen. „Ich dachte, ich kenne Italien gut, erlebte dann aber doch so manche Überraschung", erzählt Margit Menzl. „Ich habe sehr viel mit dem italienischen Unterrichtsministerium und mit der sperrigen italienischen Bürokratie zu tun – das kann ein absoluter Dschungel sein. Dort wird nach wie vor mit uralten Computern oder überhaupt ohne Computer gearbeitet." Ihr Durchsetzungsvermögen wurde in den vergangenen Jahren auf eine harte Probe gestellt. „Wenn du dich als Frau, und noch dazu als relativ junge, bei den alten Herren in leitender Position vorstellst, dann wirst du – so nehme ich das oft wahr – erst einmal komisch angesehen. Hier gibt es frühestens ab 50 Jahren einen verantwortungsvollen Posten. Wenn du dich ankündigst, wird eine 60-Jährige erwartet. Und da muss man sich schon behaupten."

Wie sieht das in der Praxis aus?

„Du musst sehr bestimmt auftreten, ganz klar sagen, was das Institut anbietet, wie beispielsweise: Wir haben folgende Qualitätsmerkmale, unterscheiden uns durch interessante Projekte von anderen Institutionen und bieten ein qualitätsvolles und umfassendes Kursangebot für Deutsch als Fremdsprache. Dem Österreich-Institut wurde das Europäische Siegel für innovative Spracheninitiativen verliehen", erzählt Margit Menzl. Über die Herausforderungen einer leitenden Position sagt sie: „Das beginnt hoch oben und geht bis zu den Handwerkern, mit denen du dich herumstreiten musst. Denn wenn sie eine Frau – und darüber hinaus eine Ausländerin – vor sich sehen, denken sie, da kann man leicht einen exorbitant hohen Kostenvoranschlag schicken, wenn es im Prinzip auch um die Hälfte geht."

Nachdem sie sich im Bürokratiedschungel und trotz der schwierigen Stellung als Frau durchsetzen konnte, kann sie heute nicht ohne Stolz sagen: „Man gewöhnt sich an den Stress, arbeitet sich gut ein und wird viel ge-

lassener." Sie sei viel ruhiger geworden und habe viel
von der italienischen Mentalität übernommen, nach dem
Motto: „Schauen wir mal – kommt Zeit, kommt Rat."

Kraftquelle: Soziale Kontakte

In ihrem Freundeskreis, zu dem viele „sehr sozial veran-
lagte" Italiener zählen, konnte Margit Menzl immer wieder Kraft tanken. „Wenn zum Beispiel am Abend ein Fest
stattfand und ich einen anstrengenden Arbeitstag hinter
mir hatte und meinte, ich sei zu müde, dann hieß es sehr
oft: Komm doch trotzdem auf ein Glas Wein vorbei." Sie
schätzt den komplett anderen beruflichen Hintergrund
und die künstlerische Seite ihrer Freunde, von denen
viele beim Film arbeiten. „Das machte es für mich leichter, abzuschalten. Mit Freunden redet man schließlich
kaum oder nicht so oft über die Arbeit." Die italienischen
Freunde sahen das unbefangen und wollten vom Herum-
jammern nichts wissen, ganz nach einer italienischen
Lebensweisheit, die lautet: „Du wolltest das Fahrrad,
jetzt musst du selbst in die Pedale treten."

Auch mit oberflächlichen Bekanntschaften hat Margit
Menzl Erfahrung: „Man hört oft, dass es hier schwierig
ist, enge Freundschaften zu knüpfen – das stimmt natürlich. Die Leute, die ich flüchtig kennen lernte, das war
zumeist nicht auf lange Dauer." Mittlerweile hat sich
ihr Freundeskreis, trotz ihrer großen Eingebundenheit
in die Arbeit, erweitert: „Seit ich am Österreich-Institut
arbeite, habe ich auch viele Freunde aus Österreich und
Deutschland gewonnen."

Liebe auf Distanz

Das Leben spielt einem ja manchmal kleine Streiche, wie Margit sagt, und so lernte sie, nachdem sie gerade ein knappes Jahr in Rom gewesen war, ihren Freund Markus kennen, einen Salzburger, der in Graz lebte. Die Entscheidung für Rom und somit für eine Distanzbeziehung fiel ihr nicht leicht: „Aber zu dem Zeitpunkt, als ich meinen neuen Job antreten sollte, war unsere Beziehung noch nicht so gefestigt. Ich dachte, wenn sie reift, kann ich ja noch immer zurück." Seit ein paar Jahren besuchen sich die beiden abwechselnd an den Wochenenden. „Er ist der Ruhepol in meinem Leben. Er ist von Anfang an oft nach Rom gekommen, das war sehr wichtig für mich, oder wir haben uns in der Mitte getroffen, manchmal auch in Wien oder ganz woanders."

Vor einem Jahr ist Markus aus beruflichen Gründen von Graz nach Spanien übersiedelt. Für Margit Menzl eine praktischere Destination als Graz: „Zwischen Rom und Barcelona gibt es viele preiswerte Flugverbindungen."

Die rosarote Brille abgelegt

Ihre Sicht auf das viel gerühmte „Belpaese" hat sich im Laufe der Zeit geändert. „Ich war so blind und hatte Scheuklappen auf. Für mich war Italien einfach nur toll." Das hat sich geändert, auch durch ihre Beziehung, sagt Margit. „Womit ich mich überhaupt nicht anfreunden und warum ich keine Römerin werden kann, sind diese vielen unvorhergesehenen Dinge. Du kannst schwer planen, und das zu akzeptieren ist für jemanden wie mich nicht leicht." Sie legt keine wichtigen Termine auf einen Freitag, weil an diesem Tag gewohnheitsmäßig einmal im Monat die öffentlichen Verkehrsmittel streiken. Lei-

49

der halten sich die Streikenden nicht immer an den Freitag und verlegen die Auszeit spontan schon einmal auf einen anderen Tag. „Das macht die Organisation mühsam", klagt Margit Menzl. „Genau auf einen Streikmontag fiel unser Theaterprojekt, zu dem wir Schüler und Lehrer aus der ganzen Stadt und der Region Latium eingeladen hatten. Unser Glück war, dass der Streik erst um elf Uhr begann. Wundersamerweise sind alle gekommen, und später haben die Teilnehmer mir über ihre abenteuerlichen Rückfahrten berichtet, aber immer mit einem Lächeln im Gesicht." Die Einheimischen sind damit aufgewachsen und haben die Gabe, sich zu arrangieren. Margit kann damit nicht so gut umgehen.

Privat macht ihr das Chaos weniger aus, aber beruflich kann es doch anstrengend sein. Für ihre Kolleginnen und Freundinnen mit Kindern ist das noch einmal aufreibender. Denn Rom ist alles andere als eine kinderfreundliche Stadt. „Mit Kindern in Rom stelle ich es mir ehrlich gesagt unmöglich vor. Die Italiener sind zwar kindernärrisch, doch kinderfreundliche Einrichtungen gibt es kaum: öffentliche Spielplätze muss man suchen und moderne Kindergärten, zum Beispiel nach österreichischem Vorbild, würden viel Geld kosten."

Aufbruch zu neuen Zielen

„Ich habe eine Freundin aus Österreich, deren Freund Römer ist. Sie nahm bei der Bürgermeisterwahl teil und meinte: Ich bin stolz, eine Römerin zu sein!" Das kann Margit Menzl entgegen ihren anfänglichen Plänen nicht behaupten: „Ich bin da sehr gespalten. Ursprünglich wollte ich in der Ewigen Stadt bleiben oder habe zumindest darauf hingearbeitet: Ich suche mir einen Job, ich werde auch mal einen Italiener als Freund haben und hier womöglich für immer meine Zelte aufschlagen."

Das hat sich verändert. Im tiefsten Inneren spürt sie heute: „Ich will nicht für immer dableiben. Auch wenn ich früher meinte, Heimat und Wurzeln nicht zu brauchen, kommt dieses Bedürfnis jetzt stärker durch." Wien, Barcelona oder ganz woanders? „Ich kann mir schon vorstellen, nochmal neu zu beginnen, aber erst in ein paar Jahren. Ein Ortswechsel ist in Planung, aber noch nicht ausgereift."

Freunde daheim

Echte Freundschaften haben sich über die Jahre gehalten, und darüber ist Margit Menzl sehr froh: „In den Beziehungen zu meinen engsten Freundinnen zu Hause hat sich nichts geändert. Okay, wir schreiben uns vielleicht nicht mehr so viele E-Mails wie in den ersten Jahren, weil wir alle mitten in der Arbeitswelt stehen und viel um die Ohren haben. Aber es ist schön, wenn ich zurückkomme und unsere Treffen erfrischend sind wie in alten Zeiten!" Wie viele, die im Ausland leben, fühlt sie sich öfter zerrissen. Ihre Empfindungen Österreich und Italien gegenüber haben sich mittlerweile zu einer Liebe-Hass-Beziehung entwickelt. „Ich weiß nicht, wie es mir ginge, wenn ich für immer in Österreich bleiben würde."

Ein erster Versuch schlug fehl. Vergangenen Sommer sehnte sie sich nach einem dreiwöchigen Landurlaub in Österreich schon wieder nach dem Chaos der Stadt. „Ich würde die familiäre Atmosphäre in meiner Stamm-Bar vermissen oder auch das rege Treiben auf dem Markt in San Lorenzo. Das Viertel, in dem ich lebe und arbeite, ist mir mittlerweile sehr ans Herz gewachsen." Genießen würde Margit Menzl aber die größere Freiheit. „In einem Wiener Kaffeehaus kannst du alleine sitzen und stundenlang lesen. Das gibt es hier nicht: Du kannst als

Frau, speziell am Abend, sehr schwer allein wo hingehen, ohne komisch angeschaut zu werden. Auch wenn
ich nur ins Kino möchte, fragen meine Freunde erstaunt:
Was, du gehst alleine?" An den Soloauftritt der Direktorin haben sich Kellner
und Gäste in ihrer „Stamm-Bar" in der Viale Giulio Cesare
nach über drei Jahren mittlerweile gewöhnt. „Wenn ich
zu Mittag allein esse, dann merke ich allerdings schon,
wie gewöhnungsbedürftig das für meine Tischnachbarn
manchmal ist. So nach dem Motto: Hat die keine Freunde,
mag sie keiner? Auch heute noch werden meine Freunde,
die ich ab und zu ja doch mitbringe, immer ganz genau
gemustert." In Österreich komme es ihr im Vergleich so
vor, als würde man auf Butter gehen – da könne einem
fast nichts passieren, während sich hier in mediterranen
Gefilden so manche Falle stellt. Auch wenn die Erfahrungen nicht immer angenehm sind, Margit Menzl sieht
die Herausforderungen positiv: „Meine Zeit in Rom ist
sicher die beste Schule fürs Leben!"

„Ich möchte ein Leben führen,
das mir ein gutes Gesicht gibt"
Schriftstellerin Gabrielle Alioth über Irland

„Ich werde nie jenen Morgen vergessen, als ich nach
einer durchregneten Nacht unten am Bach stand, die
Sonne hing schräg über dem Hang, das Wasser glit-
zerte", erinnert sich Gabrielle Alioth über 20 Jahre nach
ihrer Ankunft in Irland an jenen magischen Moment.
„Es heißt, jeder Mensch habe eine Landschaft, in die er
gehöre, und ich war sicher, meine gefunden zu haben."
Seit 1984 lebt sie mit ihrem Mann in Julianstown, einem
Dorf an der Hauptstraße zwischen Dublin und Belfast,
das für beide ihr Schicksalsort wurde. Nach einigen Jahren in der Konjunkturforschung verspürte die studierte

Wirtschaftswissenschaftlerin gemeinsam mit ihrem Mann den drängenden Wunsch nach Veränderung. „An einem mittlerweile für uns legendären Abend in einer Basler Pizzeria bei einer Flasche Rotwein fiel die Entscheidung, nach Irland zu übersiedeln", erzählt sie. Vier Monate später landete das Ehepaar mit Sack und Pack auf der grünen und an jenem Julimorgen sehr verregneten Insel. Ein kompletter Neubeginn stand bevor.
„Auf der Fähre hatten wir nicht nur Land und Sprache gewechselt, sondern auch unsere Berufe. Mein Mann würde von nun an Journalist sein, ich Schriftstellerin."

Irland ist für Gabrielle Alioth der Ort, den sie gewählt hat und der sie zu dem gemacht hat, was sie heute ist: „Schriftstellerin zwischen zwei Ländern, zwei Sprachen, mit zwei Welten vertraut und keiner zugehörig." Doch ihr helvetisches Geburtsland ist immer wieder Thema: „Denn auch wer die Heimat flieht, trägt etwas von ihr mit sich davon. Geliebt oder gehasst, ist Heimat ein Stück von uns selbst, Vergangenheit, Gegenwart und auch Teil unserer Zukunft, Ort und Idee von Landschaft und Leben." Seit ein paar Jahren hat Gabrielle Alioth wieder eine kleine Wohnung am Stadtrand von Zürich, wohin sie einmal im Monat zurückkehrt. Dort trafen wir uns an einem schwülen Junitag zum Mittagessen.

Irene Mayer *Gab es einen konkreten Auslöser für Ihre Entscheidung, nach Irland zu übersiedeln und die Zelte in der Schweiz abzubrechen? Welche Träume hatten Sie vom Leben anderswo?*

Gabrielle Alioth Mein Mann und ich hatten uns zu Studienzeiten kennen gelernt und immer die Idee gehabt, nach dem Studium gemeinsam wegzugehen. Es ist anders gelaufen, ich hatte die Uni vor ihm abgeschlossen und bekam genau die Stelle, die ich immer haben wollte. Der fixe Arbeitsplatz hat sich dann so durch unsere 20er-Jahre hindurch gezogen, und als mein Mann nach Abschluss seiner Dissertation eine Stelle suchen musste, fiel die Entscheidung. Ich war auch nicht mehr glücklich nach fünf Jahren in diesem Set-up von Wirtschaftsprognosen. Ich denke, bei einem Beruf müssen entweder die Leute stimmen oder das Gehalt oder der Inhalt. Ich habe dann festgestellt, dass bei mir eigentlich gar nichts stimmte. So haben wir ganz spontan entschieden, nach Irland zu ziehen und mindestens ein Jahr zu bleiben. Ich habe schon Träume gehabt, ich habe mir das auch überlegt, als ich vor ein paar Tagen mit meinen Hunden über den Strand spazierte. Als ich in meiner Zeit als Ökonomin nächtelang auf den Computer gestarrt habe, dachte ich mir, irgendwann sieht man mir diese Art von Arbeit im Gesicht an. Ich möchte nicht, dass sich das niederschlägt. Ich möchte ein Leben führen, das mir ein gutes Gesicht gibt. Das war so ein Traum. Diese Arbeit kann es nicht sein und die Schweiz vermutlich auch nicht. Ein anderer Grund war, dass wir ein paar Jahre zuvor in der Provence gewesen waren, bei einer älteren Dame, die dort ein Haus gekauft und renoviert hatte. Diese Frau, die es wagte, im Süden ganz allein anzufangen – das fand ich wunderschön. Ich habe gedacht, da gibt es noch was anderes, als nur in einem Büro zu sitzen. Und es gibt andere Länder, wo man sich wohl fühlen kann. Ein weiterer Punkt war: Man kann sich an einem anderen Ort neu erfinden. Man ist der, der man ist, und nicht das ganze Gepäck, das man mit sich herumträgt. Ich habe das immer als außerordentlich befreiend empfunden.

I.M. *Welche Erinnerungen kommen Ihnen heute hoch,*

viele Jahre danach, wenn Sie an die Vorbereitungsphase und den großen Tag des Umzugs denken?
G.A. In der Vorbereitung kam meine Schweizer Mentalität durch. Da wurde organisiert. Wir haben das generalstabsmäßig geplant. Wir sind nach einem zweiwöchigen Ferienaufenthalt in Dublin mit Sack und Pack nach Irland gezogen. Wir haben unsere Zelte abgebrochen und wollten zumindest ein Jahr bleiben – egal wie „schlimm" es sein würde. Das konnte keiner von unseren Freunden so richtig nachvollziehen. Meine Eltern waren relativ verhalten, meine Schwiegereltern waren total dagegen, die hätten uns fast enterbt. Alle dachten, die kommen sicher mit „abgesägten Hosen" zurück. Ich habe mich einfach auf die praktischen Sachen konzentriert. Ich habe das Lächeln der Leute zwar gesehen, habe es aber nicht zur Kenntnis genommen. Der Abreisetag war dramatisch. Unser Zug fuhr um Mitternacht von Basel ab. Es war ein heißer Sommertag. Da war der Gedanke: Das ist das letzte Mal, es ist nicht mehr der Ort, wo ich lebe. Das war mir in dem Moment total klar. Und ich bin dann wirklich am Bahnsteig in Tränen ausgebrochen und habe geheult wie ein Schlosshund. Vorher war ich ganz tapfer, ich wollte ja gehen, ich wusste, dass es richtig war. Aber beim Abschied ging nichts mehr. Da bin ich eingebrochen. Es gibt auch furchtbare Fotos.

I.M. *Sie haben die ersten Monate in Dublin gelebt – warum entschieden Sie sich dann doch für das Landleben? Wie haben Sie Ihr Haus gefunden und welche Hürden galt es bei Adaptierung und Renovierung zu meistern?*
G.A. Wir wussten, wenn wir jemals irgendwo ein Haus besitzen können, dann in Irland. Das war damals relativ billig. In dem zweiwöchigen Urlaub hatten wir uns Häuser in und um Dublin angesehen. Aber keines hat so richtig gepasst. Die Zeit lief, wir hatten den Möbeltransport schon organisiert und mussten unser ganzes Gepäck irgendwo unterbringen. In dieser Zeit wohnten

wir in einem schrecklichen „Bed and Breakfast". Über einen Makler fanden wir ein hübsches, kleines Haus in Dublin, das wir für ein halbes Jahr mieteten. Nachdem wir den Vertrag unterschrieben hatten, sind wir gemeinsam etwas trinken gegangen. Da war es zehn Uhr morgens, und der Herr war ein sehr trinkfreudiger Ire. Eine Stunde später saßen wir bereits vor dem dritten Gin Tonic. Wir haben ihm erzählt, wonach wir eigentlich suchen: Ein Haus mit Garten und Telefon. Dann meinte er, er hätte ein passendes Objekt, das zum Verkauf steht, mit sehr großem Garten, einer Telefonleitung, aber etwas außerhalb gelegen. Wir sind zu dem Haus gefahren. Es hatte einen völlig verwucherten Garten, durch den ein Bach floss. Die Sonne schien. Es war wirklich traumhaft. Wir haben noch am selben Abend den Kaufvertrag unterschrieben. Das Haus war leider eine Ruine. Wir hatten dann – typisch schweizerisch – die Idee: Wir werden das in einem halben Jahr renovieren. Als wir endlich einzogen, war es bereits Dezember, sehr kalt, und es gab weder Heizung noch Klo oder Dusche.

I.M. *Welche Herausforderungen kamen in der Eingewöhnungsphase auf Sie zu und welche stellen sich bis heute?*
G.A. Wir haben absolut niemanden gekannt in diesem Land. Mein Englisch war auch nicht besonders gut. Ich habe mit dem Wörterbuch Zeitung gelesen. Ich habe anfangs als Übersetzerin gearbeitet und dabei viel gelernt. Wir mussten aus dem Nichts heraus ein neues Leben erfinden – mit relativ beschränkten Mitteln und einem Auto, das immer wieder zusammenbrach. Wir sind anfangs überall hingegangen, wo man uns eingeladen hat, weil wir Kontakte knüpfen mussten. Es war wirklich abenteuerlich. Später habe ich diese Adrenalinstöße fast vermisst. Woran ich mich schlecht gewöhne, ist, wenn Leute mich aufgrund meines leichten Akzents im Englischen noch immer fragen: „Where are you from?" Ich bin jetzt seit 22 Jahren in Irland und habe fast 30 Jahre in

der Schweiz gelebt. Ich meine nicht, dass ich integriert sein muss und wie eine Irin aussehen oder klingen muss. Am Anfang fand ich das einen guten Einstieg, um Leute kennen zu lernen. Unterdessen denke ich: „Ach, die Geschichte will ich jetzt nicht noch einmal erzählen." Ich betrachte mich im besten Sinne nach wie vor als Gast. Es geht mir unendlich auf die Nerven, wenn Deutsche, Schweizer oder Holländer nach Irland kommen und den Iren sagen, was sie mit ihrem Land machen sollen. Sei es beim Umweltschutz oder die ganze Geschichte mit den Mooren. Ich bin wahnsinnig gern dort. Irland war und ist sehr gut zu mir, aber ich werde nicht den Iren sagen, wie sie ihr Leben gestalten sollen. Sie lassen mich eigentlich mein Leben so leben, wie ich das möchte, und ich genieße das sehr. Ich bin frei. Wenn es mir nicht passt, kann ich gehen. Ich wurde nicht von einer Firma entsandt, ich habe das Land selbst gewählt. Die Nachteile, die ich in Irland sehe, sind mein Problem.

I.M. *Was half Ihnen persönlich, um sich rasch in Ihrer neuen Wahlheimat zu orientieren?*

G.A. Ich bin in Basel groß geworden, ohne Berge und ohne See. In einer Stadt, die sehr grau sein kann. Ich habe mich in Irland in die Landschaft verliebt. Das hat mir alles geöffnet. Vor allem die Natur: Die Straßen hatten früher noch keine Randsteine, und da ist das Gras bis auf die Straße hineingewachsen. Das war magisch, etwas, das ich nicht kannte und das mich total fasziniert hat. Das habe ich auch heute noch, wenn ich nach Hause komme. Es ist die Landschaft, wo ich hingehöre.

I.M. *Irland gilt als streng katholisch, neben Malta das einzige EU-Land, in dem Abtreibung nach wie vor verboten ist. Das Scheidungsrecht wurde erst 1995 eingeführt. Macht Ihnen das konservative Umfeld nicht manchmal zu schaffen?*

G.A. Doch, durchaus. Wir kamen 1984 an, danach hatten wir so eine Art Honeymoon mit Irland, es war alles wunderbar. In der Schweiz fand ich alles schlecht. Der Honeymoon kam zu einem abrupten Ende, als zwei Jahre später bei einem Referendum das Scheidungsrecht abgelehnt wurde. Wir konnten uns nicht mehr darüber hinwegtäuschen, dass ganz viele unserer so genannten Freunde gegen die Scheidung waren und dagegen gestimmt hatten. Da bin ich an die Grenze meiner Toleranz gestoßen. Von Abtreibung durfte man damals noch gar nicht reden. Die Scheidungsgeschichte war für mich dramatisch. Ich musste mich völlig neu orientieren. Ich habe festgestellt, dass ich die Leute so gesehen habe, wie ich sie sehen wollte. Ich dachte, ich hätte vieles mit ihnen gemein – mit Männern und Frauen, die dann plötzlich bei einem so fundamentalen Thema völlig anderer Meinung waren. Das hat den Freundeskreis ein bisschen durchlüftet. Ich wusste aber auch: Ich bin nicht die Einzige in diesem Land, die so empfindet, ich muss die Leute finden, die das ebenso sehen. In Dublin belegte ich Women-Studies-Kurse. Das waren die Frühzeiten des Feminismus: Analyse von Machtstrukturen, Psychologie, Geschichte und Soziologie. Ich habe davon profitiert und gelernt. Und vor allem habe ich dort Frauen kennen gelernt, die in einer ähnlichen Situation und Lage waren wie ich. Aber punkto konservativ: Die Scheidung war die erste Lektion, die ich gelernt habe. Das nächste war die Abtreibung, wo ich persönlich ganz starke Gefühle habe. Ich bin für Abtreibung. Ich habe dann aber gemerkt, dass ich darüber nicht reden kann, nicht reden darf – wenn ich nicht will, dass es unendlich Gezänk gibt. Ich habe es ein paar Mal erlebt, bei Abendessen mit Freunden, wo ich meine Meinung geäußert habe. Da herrschte plötzlich betretenes Schweigen und dann kamen vehemente Angriffe.

I.M. *Sie haben einen ungewöhnlichen, mutigen Lebensweg gewählt. War das manchmal schwierig oder hinderlich bei Integration und Akzeptanz in Julianstown? Wie*

58

haben Sie es im Dorf geschafft, Frauen und Freundinnen
zu treffen, die nicht nur Mütter und Kirchenmitglieder,
sondern in erster Linie unabhängig und berufstätig sind?
G.A. Man wird nicht Irin, nur weil man 20 Jahre dort
lebt, aber gewiss ist man auch keine Schweizerin mehr,
wenn man einmal so lange außerhalb des helvetischen
Dunstkreises zugebracht hat. Das Land der Regenbo-
gen hat sich in den vergangenen Jahren total geändert.
Dazu kam der Wirtschaftsaufschwung. Heute macht mir
das Konservative überhaupt nicht mehr zu schaffen.
Ich denke, Irland hat eine viel liberalere, offenere Gesellschaft als die Schweiz. Längst gehen natürlich auch
Frauen ins Pub. In den 70er-Jahren haben die irischen
Frauen das Pub gestürmt und haben ein Pint bestellt
an der Bar. Pints wurden früher nur an Männer ausge-
schenkt. Männer und Frauen gehen zwar gemeinsam
ins Pub, trennen sich aber im Lokal. Männer stehen an
der Bar, Frauen sitzen an den Tischen und treffen ihre
Freundinnen. Auch auf Festen läuft das ab wie früher in
der Tanzschule – da die Männer, dort die Frauen. Das ist
natürlich ein katholisches Erbe. Die Angst der Männer
vor den Frauen. Das hat auch gute Seiten. Frau wird in
Ruhe gelassen, da wird nicht gepfiffen auf der Straße, man
wird nicht angemacht. Ich kann mich frei bewegen.
I.M. *Was würden Sie an Irland am meisten vermissen?*
G.A. Alles. Den Geruch, wenn ich in Dublin lande. Es
riecht ganz anders, es riecht nur dort so. Feucht, ein bisschen modrig, ganz eigen. Die Landschaft. Ich bin kein
Berg-Mensch. Den leichten Ton im Umgang mit Menschen im Alltag, mit Leuten, die man nicht kennt.
I.M. *Sie haben mit dem Umzug nach Irland nicht nur das*
Land, sondern auch Ihren Beruf gewechselt. Der Wunsch,
zu schreiben, war immer schon da. Sie sagten aber, wären
Sie in der Schweiz geblieben, hätten Sie ihn nicht verwirk-
licht? Was machte es in Irland leichter für Sie?
G.A. Es ist immer leichter, einen Neuanfang nicht im

eigenen Land zu starten. Jedes andere Land wäre besser gewesen zum Schreiben. In der Schweiz gilt ein Schriftsteller nichts. In Irland hingegen hat jeder ein Buch in der Schublade. Es ist wirklich das Land der Schriftsteller und der Dichter. Die Iren lesen sehr viel. Es gibt sehr viele gute zeitgenössische Autoren. Man redet über Bücher.

I.M. *Wie wirkte sich der Sprung ins Ausland auf Ihre Partnerschaft aus?*

G.A. Es hat uns verbunden. Es verbindet uns der Ort, wir haben ihn aus den Brombeerstauden befreit. Wir haben etwas geschaffen, das viele Leute bestaunen. Für uns ist es nunmehr Alltag. Aber es hat uns geformt, es hat unsere Beziehung geformt. Etwas, das wir gemeinsam haben und wo wir uns verwirklichen können. In dieser Landschaft ist für uns nur diese Form des Zusammenlebens möglich. Das klingt vielleicht abstrakt, aber die Landschaft hat uns zu dem gemacht, was wir sind. Ein Ort kann sehr wichtig für eine Partnerschaft sein. Ich glaube, für unsere Beziehung war diese Erfahrung ganz wichtig.

I.M. *Wie hat sich im Laufe der Jahre Ihr Verhältnis zur Schweiz verändert?*

G.A. Am Anfang fand ich in der Schweiz alles schlecht und in Irland alles gut. Heute komme ich gerne in die Schweiz zurück. Durch meine Arbeit habe ich viele neue Freunde in der Schweiz dazubekommen. Und ich pflege die Freundschaften auch. Wenn ich da bin, rufe ich an, und die Freunde haben Zeit für mich. Aus der Ferne ist es fast einfacher, Freundschaften zu pflegen. Heute denke ich, dass ich weder hier noch dort bin. Es ist ein „Sitting on the fence", wie man im Englischen sagt, ich sitze auf dem Zaun. Ich denke, das ist für eine Schriftstellerin ein guter Ort, weil man für die Arbeit Distanz braucht.

I.M. *Sie schreiben in Ihrem Buch über Irland: „Vielleicht werde ich Irland eines Tages verlassen, um an einem anderen Ort zu leben. Aber ich glaube, dass dies meine Land-*

schaft ist." *Welche Pläne haben Sie heute? Werden Sie für*
immer in Irland bleiben? Oder gibt es schon einen anderen
Ort?

G.A. Ich schmiede eigentlich keine Pläne. Es bleibt im
Kopf Thema. Ich kann ja überall arbeiten. Mein Mann
hängt als Korrespondent natürlich an seinem Berichts-
gebiet. Ich habe Irland im Herzen, ich bin das geworden, was
ich heute bin, weil ich in Irland gelebt habe. Nun kann
ich auch gehen, ich werde es nicht verlieren. Es besteht
kein Wunsch, Irland zu verlassen. Allerdings weiß ich,
wie rasch sich Perspektiven verändern können. In drei,
vier Jahren kann alles ganz anders aussehen. Ich bin
eine Zigeunerin, ich bin wahnsinnig gern unterwegs. Ich
mag auch andere Orte, zum Beispiel war ich kürzlich in
Los Angeles. Vor allem für Frauen alleine ist die Stadt
wunderbar. Jemand hat einmal gesagt: Leute, die sich
an keinem Ort zu Hause fühlen, gehen immer weiter
westwärts, bis sie am Pazifik ankommen – wie Strand-
gut. Lauter Personen, die nirgendwo reinpassen. Das
entspricht mir.

Die Fahrt geht los

Umzug, Wohnung und Immobilien

Ihr Ziel steht fest, der Arbeitsvertrag ist unterschrieben, die Koffer sind gepackt – die Reise kann beginnen. Doch vorher wäre es nicht schlecht, sich in der neuen Wahlheimat nach einer passenden Unterkunft umzusehen. Psychologen reihen einen Umzug in der Stressskala im mittleren Belastungsbereich ein. Damit Sie den Überblick nicht verlieren, finden Sie hier ein paar wichtige Anhaltspunkte. Organisation und Vorbereitung lauten die Schlagwörter. Im Idealfall sollte eine Übersiedelung von langer Hand geplant sein. Doch keine Sorge: Nicht bei allen Frauen, die in diesem Buch zu Wort kommen, lief der Umzug reibungslos. Trotzdem haben sie es längst geschafft, sich in ihrem auserwählten Land häuslich einzurichten.

„Der große Tag der Übersiedelung, das war ein langer Tag, der fast ein Jahr dauerte", erinnert sich Barbara Schwenniger an ihre Odyssee. Die Jahre zuvor hatte sie in den Sommermonaten mehrere Makler fast zum Verzweifeln gebracht, bis sie endlich das richtige Anwesen in der Toskana fand. Das einst verfallene Gut präsentiert sich heute als florierende Herberge und prämiertes Weingut.

„Ich habe mit Sack und Pack alles in mein Auto gepfercht und bin losgefahren", beschreibt Margit Menzl ihre Entscheidung für die Spontantour. Als einzige „Sicherheit" wartete in Rom ein kleines Zimmer in einer Wohngemeinschaft auf sie.

Eine Freundin, die vor kurzem mit ihrer Familie nach Amsterdam zog, hinterließ in meiner E-Mail-Box folgende Nachricht: „Hier im Haus herrscht einfach totales

Chaos, alles ist ausgeräumt, aber nicht eingeräumt. Man findet nichts und müsste alles nochmal aus den Zimmern holen und neu einräumen – dafür ist aber keine Zeit. Das wird auch noch dauern, und das finde ich schwer auszuhalten. Aber mit den beiden Kindern schaffe ich sowieso nichts, und im Moment war es viel wichtiger, im Park die Sonne zu genießen, bevor der Winter kommt."

Wie Sie sehen, zeigen die drei spontanen Stellungnahmen: Das Leben ist komplizierter, als Organisationsleitfäden und Checklisten gerne vermitteln möchten. Davon sollten Sie sich aber nicht entmutigen lassen – denn der Umzug ist nur eine kurze Phase, ein Mosaiksteinchen im Abenteuer Ausland. Am Ende warten neue Länder, neue Landschaften, neue Speisen, neue Sprachen und neue Menschen darauf, von Ihnen entdeckt zu werden.

Schöner wohnen in Südfrankreich

Es war schon immer Gabriele Baldes' Wunsch, einmal in Frankreich zu leben. Dieser war zwar gut überlegt, wurde aber dann doch ganz spontan in die Tat umgesetzt. Nach einer gescheiterten Beziehung ging die Stylistin auf Wohnungssuche in Südfrankreich. Ihr Traumdomizil fand Gabriele in dem kleinen Ort Grimaud, in der Nähe des mondänen Saint Tropez. An einem der unzähligen grauen Wintertage setzte sie ihren Entschluss in die Tat um und übersiedelte von München an die Côte d'Azur. Zur Sicherheit behielt sie die ersten Jahre aber noch ihre Wohnung in Deutschland. Ihr Haus hat Gabriele Baldes so geschmackvoll gestaltet, dass es schon für Wohnreportagen in deutschen und französischen Magazinen Modell stand. Stimmungsvolle Arrangements mit Flohmarkt-Möbeln, romantische Rosenbilder, alte Spiegel, Baldachin-Betten und ein idyllischer Innenhof sorgen für Urlaubsstimmung. „Shabby chic" – etwas abgenutzt, aber mit Schick, so bezeichnet die Deutsche charmant ihren Wohnstil. Ihre Freunde schüttelten angesichts des hohen Kaufpreises den Kopf. Zum Glück ließ sich Gabriele Baldes davon aber nicht beirren. In den vergangenen Jahren stiegen die ohnehin hohen Immobilienpreise auch in den kleinen Orten an der Côte d'Azur in astronomische Höhen. „Heute könnte ich mir das Häuschen gar nicht mehr leisten", sagt Gabriele Baldes. Die bösen Überraschungen – nach dem Kauf des hübsch hergerichteten Domizils stellte sich heraus, dass weder Heizung noch Warmwasser funktionierten – sind längst vergessen. Trotzdem möchte sie künftige Käuferinnen warnen, sich vorschnell von einer schönen Fassade blenden zu lassen. Ihr Haus hat sie von einer gepflegten Dame gekauft, die „mich glauben ließ, sie wohne hier". Später fand sie heraus, dass Madame eine undurchsichtige Geschäftsfrau war, die alte Häuser hübsch aufpolierte und sehr gewinnbringend verkaufte.

Tipps zur Wohnungssuche

Es gibt viele Optionen, wenn es darum geht, sich für ein Dach über dem Kopf zu entscheiden – angefangen von einer kleinen Pension über die Stadtwohnung bis zum Haus am Land. Der Fokus Ihrer Suche hängt natürlich von Ihrem Budget und der Wohnform ab, die Sie sich wünschen. Vorab lohnen auch hier Kassasturz und Preisvergleich. In vielen Ländern sind die Wohnkosten weit höher als in Mitteleuropa. In Dritte-Welt-Ländern gilt meist eine Zwei-Preis-Politik, bei der Ausländer zur Kasse gebeten werden. Auch in Rom, wo nach London und Paris die höchsten Mieten Europas verlangt werden, musste ich mich von meinem Wunsch nach einer eigenen Wohnung schnell verabschieden. Und in der ersten

Zeit mit einem Zimmer in einer Wohngemeinschaft vorlieb nehmen.

Die Wohnungssuche von der Ferne aus zu managen, gestaltet sich meist schwierig. Selbst innerhalb Europas empfiehlt sich ein Lokalaugenschein vor Ort. So ersparen Sie sich unangenehme Überraschungen wie defekte Armaturen, kaputte Heizungen, undichte Fenster, die auf Fotos im Internet leicht vertuscht werden können. Bei Immobilienmaklern verlassen Sie sich am besten nur auf jene, die Ihnen von Vertrauenspersonen empfohlen wurden. Nutzen Sie so gut es geht Netzwerke vor Ort, scheuen Sie nicht einen Anruf bei der Botschaft oder internationalen Kulturinstituten, die diesbezüglich oft Rat wissen.

Verschaffen Sie sich einen Überblick über die Angebote im Immobilienteil der Lokalzeitungen. Aber fragen Sie ruhig in Geschäften und Lokalen nach und achten Sie auf Wohnungsaushänge im öffentlichen Raum. Wer nur ein Zimmer in einer Wohngemeinschaft sucht, wird am schwarzen Brett an Universitäten, Kulturinstituten und Sprachschulen fündig.

Kaufen statt mieten?

Auch wenn die Immobilienpreise in manchen Ländern auf den ersten Blick niedrig erscheinen, seien Sie beim Kauf nicht voreilig – Ausländer werden bisweilen mit hohen finanziellen Auflagen zur Kasse gebeten. Gönnen Sie sich lieber erst einmal Zeit in Ihrem Wahlland und finden Sie heraus, ob es überhaupt der Ort ist, an dem Sie gerne längere Zeit leben möchten. Je besser Sie mit der

Kultur und den Menschen Ihrer neuen Heimat vertraut sind, desto geringer ist die Gefahr, beim Hauskauf über den Tisch gezogen zu werden. In jedem Fall aber ist es ratsam, einen Anwalt zu Rate zu ziehen, der Ihnen durch den Bürokratiedschungel hilft und der verhindert, dass Sie einen gefälschten Vertrag unterschreiben.

Bei Mietverträgen, die im Ausland abgeschlossen werden, geht es oft sehr informell und unbürokratisch zu – von Mietverträgen per Handschlag bis zu Schwarzmieten. Bedenken Sie: Einen Rechtschutz des Mieterbundes können Sie nur im Falle eines ordnungsgemäß abgeschlossenen Vertrages in Anspruch nehmen.

Sichern Sie sich besonders gut ab an Orten, wo chronischer Wohnungsmangel herrscht und Mietwucherer dadurch leichtes Spiel haben. Erkundigen Sie sich bei Einheimischen oder bei im Land lebenden Ausländern über die örtlichen Gepflogenheiten.

Checkliste: Was Sie bei einem Umzug nicht vergessen sollten

– Lassen Sie Ihren Mietvertrag rechtlich prüfen. Kostengünstig können Sie das bei den Beratungsstellen des Mieterschutzverbandes des jeweiligen Landes tun.
– Sammeln Sie Informationen über notwendige Formalitäten für die Anmeldung an Ihrem neuen Wohnsitz.
– Kassasturz: Wie viel Geld steht Ihnen für die Miete zur Verfügung, welche Angebote gibt es?
– Gezielte Suche: Erkundigen Sie sich bei Ortskundigen nach guten Gegenden und solchen, die man besser meidet. Das erleichtert die Suche und erspart unangenehme Überraschungen.
– Kümmern Sie sich rechtzeitig um einen Telefon- und Internetanschluss an Ihrem neuen Wohnsitz. Oft müssen Sie lange Wartezeiten einkalkulieren.
– Erkundigen Sie sich bei Ihrer Krankenversicherung,

welche Leistungen auch im Ausland gelten und ob eine zusätzliche Auslandskrankenversicherung notwendig ist.

– Möchten Sie Ihre Wohnung zu Hause behalten? Kümmern Sie sich gegebenenfalls rechtzeitig um einen Nachmieter für Ihre Wohnung.

Weinkeller, Rebstöcke und Olivenhaine

Wie so viele Sonnensüchtige aus Mittel- und Nordeuropa schwärmte Barbara Schwenniger seit ihrer Studienzeit für die Toskana. „Ich habe als junges Mädchen schon ein Jahr in Fiesole gelebt. Am Ende meines Aufenthalts durfte ich bei einer Weinlese in Greve dabei sein. Das war genau zehn Jahre, bevor ich hierher kam", erzählt die gebürtige Seefelderin. Sie sitzt am Steuer ihres VW-Kombis, zügig zieht die waldige Landschaft der Chianti-Hügel vorbei. Vor Energie sprühend erzählt sie ihre Geschichte. „Da oben hat Sting seine Villa", sagt sie plötzlich, als auf einem Hügel ein imposantes Anwesen auftaucht, das kaum zu übersehen ist. Der Sänger füllt in Barbara Schwennigers Weinkeller gelegentlich seine Weinreserven auf. „Ich habe ihn anfangs gar nicht erkannt, bis ich eines Tages bei uns im Ort, in Figline Valdarno, ein Plakat sah, auf dem er für eine Blutspende-Aktion warb." Ganz unscheinbar sei er gewesen, in Jeans und T-Shirt gekleidet, und sehr darum bemüht, anonym zu bleiben.

Ihrem späteren Mann, einem Musiker, wollte sie diese Gegend, die ihr als Studentin so ans Herz gewachsen war, unbedingt zeigen. „Als die Kinder noch sehr klein waren, verbrachten wir unsere Familienurlaube immer in Bibione. Die Toskana war für mich das richtige Italien und einfach wunderschön. Bibione, wo dich jeder schon von vornherein auf Deutsch anspricht, fand ich im Vergleich dazu ziemlich frustrierend." Bei ihrem Mann, den sie als „Künstlerseele und Musiker mit Italien-Naheverhältnis" beschreibt, stieß sie mit ihren Schwärmereien von der Bilderbuch-Toskana auf offene Ohren.

„Eigentlich wollten wir nur ein Ferienhaus kaufen", erinnert sich Barbara Schwenniger. Die Vision bekam sehr schnell eine Eigendynamik: Aus Barbaras Wunsch wurde ein gemeinsamer Entschluss. Schließlich war sogar ihr Gemahl die treibende Kraft.

„Mein Mann – als gebürtiger Münchner – hat gerne die ‚Süddeutsche Zeitung' gelesen, und im Immobilienteil am Wochenende fanden sich sehr blumig beschriebene Annoncen von Toskana-Weingütern oder Toskana-Landhäusern. Da meinte er, das wäre das Richtige für die Ferien, für die Pension." Nachdem Barbara viele Makler kontaktiert hatte, flatterten stapelweise Broschüren ins Haus. Als Lehrerehepaar nutzten sie die freie Zeit im Sommer und besichtigten unermüdlich verschiedenste Häuser. „Von der Maremma bis zum Meer habe ich alles gesehen – Dörfer mit 200 Hektar Wald, Schlösser, Ruinen – zu Preisen, die illusorisch waren." Als Barbara bei Greve im Chianti in einer kleinen Talsenke die halb verfallene Villa Buonasera entdeckte, überlegte sie nicht lange. Sie wusste intuitiv: hier ist ihr Platz. „Auch wenn das Landgut viel geräumiger ausfiel, als wir geplant hatten. Doch ich dachte, mit Florenz, Pisa und Siena in der Nähe kann eigentlich nichts schief gehen." Übersiedelt wurde im Konvoi mit sechs Autos, die in Richtung Toskana rollten. „Ich musste erst wieder Auto fahren lernen, da ich ja in der Fußgängerzone in Seefeld wohnte und all die Jahre kein Fahrzeug gebraucht hatte. Mittlerweile sind 18 Jahre vergangen, und einige Umzugskisten stehen noch immer ungeöffnet auf dem elterlichen Dachboden."

Mit dem Umbau, bei dem kein Stein auf dem anderen blieb, wartete viel Arbeit auf Barbara. „Weil wir Zimmer für Zimmer renovierten und bis zu acht Schichten Farbe von den Wänden abtragen mussten, schliefen wir anfangs jede Nacht in einem anderen Raum. Über ein Jahr haben wir auf einer Baustelle gewohnt." Nachbarschaftshilfe war gefragt. „Ich habe klugerweise die Nachbarn um Rat gebeten. Renato vermittelte mir verlässliche Handwerker aus der Umgebung, und die arbeiten, soweit sie noch am Leben sind, nach wie vor für mich." Zuallererst ließ Barbara die alten Bleirohre ersetzen, damit sie das gute Trinkwasser der hauseigenen Quelle nutzen konnte.

Umzug mit Kind und Kegel

Das einzige „Problem" waren die Kinder, sagt Barbara Schwenniger. Die Landung im Schulalltag war anfangs hart. „Ich habe zum Beispiel ordentlich geschaut, als ich im Süden ohne Familienbeihilfe auskommen und alle Schulbücher selbst bezahlen musste." Ihre Tochter kam gerade in die zweite Klasse Volksschule, als Familie Schwenniger übersiedelte. „Das erste halbe Jahr nach dem Umzug hat sie gelitten. Obwohl die Kinder wahnsinnig nett zu ihr waren. Sie konnte die neue Sprache kaum und machte nur im Sommer einen Italienischkurs bei einer Studentin." Doch die Situation nahm rasch eine positive Wende. „Am Jahresende war sie schon Klassenbeste."

Barbaras Kinder sind bereits erwachsen: Tochter Magdalena absolvierte die Opernklasse am Konservatorium in Wien, Sohn Christian studiert Psychologie an der Universität in Florenz.

Schwerer Verlust

Ein knappes Jahr nach dem Neustart in Italien starb Barbaras Mann. Nach seinem frühen, schmerzlichen Tod musste sich die 48-jährige Powerfrau alleine mit zwei kleinen Kindern in einem fremden Land ihre Stellung erst erkämpfen. „Was mir damals sehr geholfen hat, war der enorme Rückhalt aus dem Elternhaus. Das Wissen, jederzeit zurück zu können, falls ich es alleine nicht schaffen sollte." Um vor Schmerz nicht zusammenzubrechen, verordnete sich Barbara Arbeit als Therapie. Sie kümmerte sich um den hauseigenen Weinberg und baute die Zimmer zu Gäste-Appartements aus.

Ein Workaholic ist sie bis heute geblieben. Zeit für eine Verschnaufpause gönnt sie sich nur in den Wintermonaten. Da frönt sie ihrem Hobby, dem Tauchen, oder besucht ihre Tochter in Wien. „Ich bin die Mama für meine Gäste. Das Engagement, mit dem ich mich um meine Gäste kümmere, ist fast unvereinbar mit einem Privatleben. Nach dem Tod meines Mannes war ich so heilfroh, dass irgendjemand da war, mit dem ich über irgendetwas reden konnte, und wenn es nur über das Wetter war. So lange arbeiten oder beschäftigt sein, bis du umfällst. Das hat sich dann so eingebürgert. Dieses Voll-und-ganz-für-sie-da-Sein, das erwarten meine Gäste – viele kommen deswegen." Selbst in der stressigen Hochsaison nimmt sie sich noch Zeit zum Musizieren mit einem älteren Ehepaar, das seit Jahren bei ihr urlaubt. Später beim Abendessen in einer gemütlichen Trattoria im Ort wird sie vom Hausherrn freundlich in den Arm genommen. Soziale Kontrolle und warme Herzlichkeit gehen in der dörflichen Gemeinschaft Hand in Hand.

„Am Anfang brauchte in der Nacht nur ein Auto vor meinem Haus vorzufahren, schon läutete zehn Minuten später das Telefon und jemand aus der Nachbarschaft erkundigte sich: Signora, ist alles in Ordnung? Es war natürlich auch ein Quäntchen Neugier dabei, ich war ja jung und hübsch", erzählt die selbstbewusste Chianti-Produzentin mit einem Augenzwinkern. Noch lange Zeit nach dem Tod ihres Mannes habe sie ihren Ehering „quasi zur Selbstverteidigung" getragen. Sie ist Mitglied im Konsortium der Weinbauern von Greve. „Bei der Gründung des Konsortiums sind wir zum Notar gegangen. Dort hieß es: Sie sind ja Ausländerin. Da kam der Bürgermeister und meinte: Nein, die Barbara gehört zu uns, die ist von da." Die herzliche Aufnahme, so meint Barbara, habe ihr Herz erwärmt. „Solche Erlebnisse sind mir öfter passiert. Ohne dass ich da viel dazu getan hätte. Sondern das ging wirklich von den einheimischen Leuten aus: Wir wollen, dass du zu uns gehörst."

Während wir hausgemachte Pasta mit Ricotta und Tomaten und dazu einen fruchtigen Merlot aus Barbaras Eigenproduktion genießen, kommt auch die Erinnerung an einen besonders berührenden Moment hoch. Dazu gehört Barbaras erster Geburtstag nach dem Tod ihres Mannes. Wenn die gebürtige Tirolerin daran denkt, bekommt sie noch heute Gänsehaut. „Vor diesem Tag fürchtete ich mich. Die Kinder meinten, ich müsse ausschlafen, sie würden mir den Kaffee ans Bett bringen. Plötzlich, um neun, halb zehn Uhr, steht das ganze Dorf vor meiner Haustür mit einem Büffet, dass dir die Ohren wackeln. Der Pfarrer überreicht mir einen Riesenblumenstrauß. Das war dermaßen rührend! Meine Kinder haben das Ganze gemeinsam mit unserem Pfarrer organisiert und alle im Dorf machten mit."

Kurze Zeit später tauchte der Pfarrer wieder in ihrem Haus auf – diesmal allerdings mit einem anderen Anliegen. Anscheinend hatte sich so manche Ehefrau im Dorf von der jungen Witwe bedroht gefühlt und den Geistlichen ersucht, zu vermitteln. Keine Szene aus Don Camillo und Peppone, sondern reales Leben in der Toskana von heute. Barbara erinnert sich: „Er kam zu Besuch und meinte, er habe volles Verständnis für meine Situation und es sei auch nicht gut für eine Frau, so allein zu leben. Und ich müsse mir unbedingt jemanden suchen, aber bitte, bitte niemanden aus der Gegend!"

An zwei Orten zu Hause

Ich frage Barbara, ob sie öfter Heimweh verspürt. Doch sie ist zu pragmatisch, um sich lang in Gefühlswirren zu verlieren. „Heimweh kenne ich nicht, mir fehlen meine Eltern und meine Geschwister. Ich wäre gerne öfter mit ihnen zusammen. Das tut mir Leid, dass wir so weit voneinander entfernt sind. Was andererseits natürlich auch den Frieden garantiert", sagt Barbara und fügt hinzu: „Wenn ich nach Tirol fahre, dann fahre ich von daheim nach daheim. Ich denke, das Glück muss einem erst einmal passieren."

Ihr Beruf in einer Männerdomäne macht den Umgang mit Frauen im Ort manchmal schwierig. „Was ich nie gefunden habe, ist eine enge Freundin. Aber ich habe ja meine Freundin aus Seefeld, mit der ich seit der Volksschule zusammen bin. Die Frauen meiner Kollegen sind meist zu Hause." Fürs Hausfrauendasein fehlt Barbara das Interesse. „Ich kann keine Kochrezepte austauschen, ich war nie eine besondere Köchin. Ich kann mich mit der klassischen Hausfrau nicht unterhalten, das ist schwierig. Ich rede dann immer mit den Männern." Das wurde für die junge Witwe fast zu einem Problem. „Ich hatte das Gefühl, sie wollten mir ihre Männer gar nicht mehr schicken, weil ich ja als allein lebende Frau eine Gefahr sein könnte. Man muss dazu sagen, die Männer waren alle um eine halben Kopf kleiner als ich." Wir sehen uns an, müssen lachen, und während wir unsere Gläser anstoßen, sagt Barbara noch: „Eigentlich lauter Gnome – ich finde das ja toll, wie die Frauen ihre Männer da noch bewundern."

ras Lebenswerk blüht und gedeiht. Die Villa Buonasera ist ein gut besuchter „Agriturismo", wie die zu einem
Bed and Breakfast ausgebauten Landgüter in Italien genannt werden. Sie vermietet acht unterschiedlich große
Ferienwohnungen – mit Schwimmbad und Blick auf die
Weinberge. Barbara Schwennigers Weinbaukünste wurden mehrfach prämiert. Ein italienisches Magazin hob
sie in die Top-Riege der besten „donne del vino", der
Weinfrauen der Toskana. Die harten Anfangszeiten sind
vergessen. „Ich musste sicher doppelt so viel arbeiten
wie ein Mann, um mir Akzeptanz zu verschaffen, aber es
hat sich gelohnt."

Bevor sie zum Aufbruch drängt, um nach dem Essen
auf der Terrasse die obligate Zigarette zu rauchen, meint
Barbara: „Ich habe so viel Glück gehabt in meinem
Leben und so viele Fügungen, eigentlich müsste ich den
ganzen Tag auf den Knien liegen und dem lieben Gott
danken. Ich hatte großen Enthusiasmus und unendlich
viele Krisen, aber niemals so tief gehende, dass ich alles
hinschmeißen wollte."

Diese Sätze hallen nach. Als wir in die kühle Herbst-
nacht hinaustreten, fühle ich mich auf geradezu wunder-
same Weise zuversichtlich.

„Von Russland kann man sich nicht scheiden lassen"
Moskau-Korrespondentin Susanne Scholl berichtet

Von früher Kindheit an hat Susanne Scholl erfahren, dass
man in verschiedenen Ländern leben kann. Als Tochter
von Juden, die vor den Nazis nach England hatten flüchten müssen, wurde sie 1949 in Wien geboren. Was für
ihre Eltern ein überlebensnotwendiger Zwang gewesen war, gehörte für Susanne Scholl seit ihrer Jugend

zu einem fixen Bestandteil ihrer Lebensplanung. Immer wieder zog es sie von Wien fort. Nach ihrer Promotion in Rom zum Doktor der Slawistik folgte ein kurzer Stipendiumsaufenthalt im heutigen Sankt Petersburg. Susanne Scholls journalistische Laufbahn begann 1974 bei der französischen Tageszeitung „Le Monde“. Weitere Stationen ihrer beruflichen Laufbahn führten sie zu Radio Österreich International, in die außenpolitische Redaktion der APA und schließlich in die ORF-Osteuroparedaktion. 1989 ging Susanne Scholl als Korrespondentin nach Bonn. Zwei Jahre später übersiedelte sie mit ihren damals siebenjährigen Zwillingen nach Moskau, wo sie von 1994 bis 1997 das ORF-Büro leitete. Nach drei Jahren Verschnaufpause in Wien kehrte sie 2000 in die russische Hauptstadt zurück. In ihren Büchern gewährt sie feinfühlige Einblicke in die russische Gesellschaft. Ihre Sympathie gilt dabei spürbar den Frauen, die oft schier aussichtslose Situationen meistern.

„Eine Minute dreißig“, die übliche Länge ihrer Fernseh- und Radiobeiträge, ist für solche Geschichten zu kurz. Dank ihrer Bücher bleiben aber gerade die russischen Alltagsgeschichten und ihre Helden, die keine mediale Aufmerksamkeit bekommen, nicht auf der Strecke. Russland kommt unter den Sehnsuchtszielen Auslandsbegeisterter selten vor. In der Medienbranche ist bei der Vergabe von Korrespondentenjobs sogar von „Moskau lebenslänglich“ die Rede. Für Susanne Scholl und ihre Kinder wurde die Stadt aber längst zu einer zweiten Heimat. Eisige Temperaturen werden durch die Wärme menschlicher Begegnungen aufgewogen. Außerdem findet sie klirrenden Frost schön: „Das ist der Winter in Moskau, den man ertragen kann.“

Irene Mayer *Sie haben in Rom studiert, berichteten später als Korrespondentin aus Bonn und schließlich aus Moskau. Was war für Sie ausschlaggebend, aus Wien wegzu-*

gehen und einen Neuanfang zu wagen? „Raus aus der Routine, rein ins Abenteuer", oder gab es noch andere Gründe?

Susanne Scholl Ich glaube, ich muss hier ein bisschen ausholen: Meine Eltern mussten vor den Nazis aus Österreich fliehen und haben deshalb acht Jahre in England gelebt. Das hat für mich, die in Wien geboren wurde, bedeutet, dass man durchaus in verschiedenen Ländern zu Hause sein kann. Als ich mit der Schule fertig war, verspürte ich das starke Bedürfnis, mich selbstständig in der Welt umzuschauen, andere Länder und Städte kennen zu lernen. Vielleicht war es tatsächlich auch die Suche nach einer zweiten Heimat. Denn wir Kinder der Opfer des NS-Regimes leben ja alle mit einem gepackten Köfferchen im Hinterkopf. Wir haben immer das Gefühl, es ist besser, viele verschiedene Heimaten zu haben. Dass die Wahl damals auf Rom gefallen ist, war Zufall. Aber Italien ist für mich, trotz Berlusconi und Konsorten, immer noch fast genauso ein Zuhause wie Wien. Nach Bonn und Moskau hat mich später mein Beruf geführt.

I.M. *Von den Träumen bis zur konkreten Umsetzung, was kam da alles auf Sie zu? Welche Schritte und Vorbereitungen waren bei der Verwirklichung Ihres Planes nötig?*

S.Sch. Rom war nicht weiter kompliziert. Ich wollte dort studieren. Meine Eltern hatten Bekannte in Rom, die mich an eine Familie vermittelt haben, bei der ich die jüngere Tochter betreute. Gleichzeitig habe ich mein Studium begonnen und vor allem Italienisch gelernt. Viel mehr Vorbereitung war nicht nötig. Nach dem ersten Jahr habe ich dann mit Freunden in verschiedenen

Wohngemeinschaften gelebt und später bin ich in eine eigene, kleine Wohnung übersiedelt. Bei Bonn und Moskau war alles nicht mehr ganz so einfach. Denn da hatte ich schon meine Kinder, die Zwillinge David und Laura. Als ich nach Bonn ging, waren sie gerade fünfeinhalb Jahre alt. Ich bin damals zunächst einmal für zwei Wochen zur Verstärkung ins Bonner Büro gefahren und habe gleichzeitig eine Wohnung gesucht. Außerdem musste ich die Kinder in der Schule anmelden, was in Bonn kein Problem war. Ich hatte ohnehin geplant, sie in die französische Schule zu schicken, und die war in Bonn zum Glück nicht überfüllt. Dafür hatten wir so unsere Probleme mit den Wohnungen. Übersiedelt sind wir dann wie der sprichwörtliche Wanderzirkus: die Kinder, eine eigens in Wien angeworbene Kinderfrau-Oma, unser Kater und ich. Mein vollgepackter, roter R4 und der ebenso vollgepackte gelbe VW-Käfer der Kinderfrau kamen im Autoreisezug mit. Der Umzug nach Moskau zwei Jahre später war schon schwieriger. Selbst der Kater brauchte einen eigenen Pass. Die letzten Wochen in Bonn hatte ich damit verbracht, wirklich alles einzukaufen, was zwei siebenjährige Kinder im damals noch sowjetischen Moskau so brauchen konnten: von warmen Bettdecken bis zu Schneeanzügen und Großpackungen Gummibärli. Alles Dinge, die man damals hier noch nicht kaufen konnte. Darüber hinaus musste ich mich auch um russische Visa für die Kinder, für die mittlerweile neue Kinderfrau und für mich kümmern. Im Übrigen musste ich auch die gesamte Einrichtung für meine künftige Moskauer Wohnung noch einkaufen, von der ich nur einen Plan gesehen hatte. Die Kinder ließ ich für den ersten Monat bei meiner Mutter in Wien, ich flog mit dem Kater und fünf Koffern voraus, und die Kinderfrau kam nach, um die Wohnung so einzurichten, dass die Kinder sich zu Hause fühlen konnten.

I.M. *Welche Erinnerungen hegen Sie heute, viele Jahre*

danach, wenn Sie an Ihre Ankunft in Moskau im Jahre 1991, zur Zeit des Putsches gegen Gorbatschow, denken? Sie erzählten in einem Radiointerview, die Stadt erschien Ihnen und Ihren beiden Kindern anfangs sehr bedrohlich.

S.Sch. An und für sich habe ich Moskau nie als besonders bedrohlich empfunden. Aber als ich am 19. August 1991 mit meinen beiden Kindern hier ankam, war die Situation schon ziemlich gruselig. Es begann mit dem Chaos am Flughafen, das ich zwar schon kannte, das aber in Begleitung zweier Siebenjähriger noch ein Stück unangenehmer war als sonst. Die Fahrt in die Stadt war dann ein wirklicher Albtraum. Obwohl es damals noch lange nicht so viele Autos in Moskau gab wie heute, standen wir stundenlang im Stau, den die aufgezogenen Panzer verursachten. Das war mehr als ungemütlich. Ich erinnere mich, dass ich an diesem ersten Abend noch ins Büro ging, wo alle unsere Mitarbeiter versammelt waren, und wir diskutierten lange, wie die Sache ausgehen könnte. In dieser Nacht habe ich wenig geschlafen, ich bin ständig durch die Wohnung gewandert und habe aus den Fenstern geschaut – und immer wieder auch ins Kinderzimmer, ob alles in Ordnung ist.

I.M. *Welche Herausforderungen kamen in der Eingewöhnungsphase auf Sie zu? War es schwierig, als allein erziehende Mutter im Moskauer Alltag mit all seinen – wie ich mir vorstelle – logistischen und sonstigen Hürden Fuß zu fassen?*

S.Sch. Der Moskauer Alltag war damals noch ziemlich haarig. Ich habe ja schon erwähnt, dass ich, bevor wir nach Moskau gingen, noch so ziemlich alles eingekauft hatte, was wir brauchten – Waschmittel und Ähnliches mehr eingeschlossen. Die Tatsache, dass ich eine allein erziehende Mutter bin, fiel da nicht besonders ins Gewicht. Ich hatte zum Glück eine Kinderfrau mit. Schwieriger war die Sache mit der Schule. Obwohl meine Kinder in Bonn schon die französische Schule besucht hatten und in der französischen Schule in Moskau angemeldet waren, hieß es plötzlich, es gebe keinen Platz für sie. Der damalige österreichische Botschafter in Moskau hat mir in dieser Situation sehr geholfen. Er hat sich direkt an seinen französischen Kollegen gewandt, und zwei Wochen nach Schulbeginn hatten die Kinder ihre Plätze in der Schule. Das war die größte Schwierigkeit am Anfang. An den wenigen freien Tagen, die ich mir damals nehmen konnte, machten wir uns gemeinsam auf Entdeckungstour durch Moskau. Wir besuchten die Plätze in der russischen Hauptstadt, die für Kinder interessant sein konnten, wie den Kreml oder das Puppentheater oder verschiedene Parks und Freilichtmuseen. Für uns ungewohnt war damals die Tatsache, dass man nirgends unterwegs etwas zu essen oder zu trinken kaufen konnte. Ich musste immer alles von zu Hause mitnehmen. Noch ein Problem stellte sich mir am Anfang in den Weg: Aufgrund der hektischen politischen Ereignisse konnte ich bis Dezember 1991 nicht nach Wien fahren. Die Kinder hatten aber keine anständigen, warmen Winterstiefel, die man in Moskau dringend braucht. Meine Schwester hat sie dann in Wien gekauft und uns mit der Diplomatenpost nach Moskau geschickt.

I.M. *Russland ist ein herausforderndes Gebiet für einen Korrespondenten, angefangen von der politischen Lage und der prekären Menschenrechtssituation bis zur Zensur und zum Tschetschenien-Krieg. Was tun Sie zur Entspannung und womit laden Sie Ihre Batterien wieder auf?*

S.Sch. Ich habe viele Freunde in Moskau, die mir helfen, im Gleichgewicht zu bleiben. Ich lese viel, schreibe viel und besuche, wenn ich meinen inneren Schweinehund überwinden kann, das Fitnesszentrum. Ich liebe Flohmärkte und gehe deshalb häufig nach Ismailowo, den größten Moskauer Flohmarkt. Das hat den Vorteil, dass ich mich gleich auch eine Weile an der frischen Luft bewege. Wenn es interessante Ausstellungen gibt, versuche ich hinzugehen, das gleiche gilt für Kino und Theater. Allerdings ist Moskau eine dermaßen ermüdende Stadt, dass ich oft einfach einen Tag auf dem Diwan einschiebe, um mich zu erholen.

I.M. *Was half Ihnen persönlich, um sich rasch in der „Wahlheimat" zu orientieren?*

S.Sch. Ich habe wie gesagt viele Freunde hier. Einige davon kannte ich schon von früher. Obwohl Moskau eine Elf-Millionen-Metropole ist, beschränkt sich die Elite doch auf einen ziemlich kleinen Kreis von Menschen. Im Gegensatz zu anderen Eliten ist die russische aber sehr offen gegenüber neuen Menschen. Wenn man Freunde hat, die irgendwie dazugehören – und ich meine nicht die jeweils aktuelle politische Elite, sondern die intellektuelle, die aus den ehemaligen sowjetischen Dissidentenküchen –, dann wird man sofort aufgenommen und integriert. Vor allem die vielen Gespräche mit meinen Freunden haben mir am Anfang geholfen, mich zurechtzufinden.

I.M. *Wie haben Ihre Jahre in Moskau Sie auf persönlicher Ebene verändert, in der Sicht mancher Dinge, in Ihrer Lebensplanung, bei der Setzung Ihrer Prioritäten?*

S.Sch. Nun, wie einen das Leben eben verändert. Ich habe aber sicher sehr viele Erfahrungen gemacht, die ich vermutlich nicht gemacht hätte, wenn ich in Wien geblieben wäre. Ich habe eigentlich erst hier richtig zu schreiben begonnen – das ist wohl die einschneidendste Veränderung. Was meine Lebensplanung betrifft, so kann ich nur sagen, dass man sich von Russland nicht scheiden lassen kann. Ich zumindest empfinde das so. Auch wenn ich Moskau in absehbarer Zeit vermutlich verlassen und meinen festen Wohnsitz wieder in Wien aufschlagen werde, so wird Russland doch immer zu mir gehören. Mit allen positiven und negativen Seiten.

I.M. *In Ihren Geschichten schwingt immer sehr viel Sympathie für Russland und die Bevölkerung mit, besonders* *für die Frauen, die oft extrem schwierige Lebenssituationen meistern. Was macht für Sie die Faszination an dem Land und seinen Menschen aus?*

S.Sch. Zu diesem Thema könnte man viele Seiten füllen. Kurz gefasst würde ich sagen, Russland fasziniert mich vor allem wegen seiner Menschen. Hier erfährt und stößt man immer auf neue Geschichten, die so unglaublich sind, dass man sie eigentlich sofort aufschreiben müsste. Viele Menschen sind grundsätzlich lebensbejahend und auch sehr kreativ, trotz aller Schwierigkeiten und Probleme, die ihnen hier ja wirklich über den Kopf wachsen. Die Stärke, die Geduld, die Zähigkeit und die große Wärme, vor allem vieler Frauen, faszinieren mich besonders. Dieses Nicht-Aufgeben, selbst wenn es wirklich ganz schlimm ist.

I.M. *Für Sie wurde Moskau zu einer neuen Heimat, Sie kehrten nach drei Jahren in Wien wieder dorthin zurück. Was zog Sie wieder in Ihre Wahlheimat?*

S.Sch. Ganz brutal gesprochen: die Arbeit, die für mich hier wesentlich vielfältiger ist als in Wien. Aber natürlich auch die Tatsache, dass ich mich in Wien ein bisschen eingesperrt fühlte und irgendwie Heimweh nach Moskau hatte.

I.M. *Kennen Sie das Gefühl von Heimweh? Was tun Sie dagegen und wie gelingt Ihnen der Spagat zwischen neuer und alter Heimat?*

S.Sch. Natürlich kenne ich Heimwehgefühle, vor allem nach Menschen. Meine Kinder leben jetzt in Wien, und nach ihnen habe ich oft großes Heimweh. Die Distanz Moskau – Wien versuche ich mit E-Mails und Telefonaten zu bekämpfen.

I.M. *Gibt es etwas, woran Sie sich in Russland nach wie vor nicht gewöhnen können oder wollen?*

S.Sch. An die Bürokratie und an die Menschenverachtung, die Mächtige oft an den Tag legen, werde ich mich nie gewöhnen.

I.M. *Könnten Sie sich vorstellen, nochmals in ein anderes Land zu gehen? Wie hat sich in all den Jahren im Ausland Ihre Beziehung zu Österreich verändert?*

S.Sch. In den letzten Jahren habe ich, wohl altersbedingt, bei meinen Wien-Aufenthalten festgestellt, dass Wien doch eine Stadt mit sehr hoher Lebensqualität ist, in der ich, wenn ich noch älter sein werde, wohl ganz gerne leben werde. Ich könnte mir aber auch sehr gut vorstellen, wieder in Italien zu leben.

I.M. *Welche Tipps aus Ihrem Erfahrungsschatz haben Sie für künftige Auswanderer parat?*

S.Sch. Man muss sich Zeit lassen, wenn man in eine andere Stadt, in ein anderes Land geht. Und man muss sehr viel Neugierde mitbringen und den Menschen in dem neuen Land offen entgegentreten.

Arbeiten im Ausland

Abwechslung im Arbeitsalltag

Sie haben soeben die hundertste Bewerbung ohne Erfolg geschrieben? Oder treten im Unternehmen schon seit Jahren auf der Stelle, ohne Perspektiven weit und breit? Dann ist es höchste Zeit, Ihre Fühler auszustrecken, um nicht in eine Motivationskrise oder gar eine Depression zu schlittern. Nützen Sie den richtigen Zeitpunkt, um etwas Neues zu wagen. Ein Auslandsaufenthalt öffnet neben interessanten Job- und Karrierechancen auch neue Lebenshorizonte. Eine Prise Fernweh kostet bereits, wer sich für einen Sprachkurs, ein Praktikum oder eine Fortbildung fern der Heimat entscheidet. Ein Frische-Kick in Sachen Selbstbewusstsein ist garantiert!

Falls Sie von einem Neuanfang im Ausland träumen, sind Sie in guter Gesellschaft. 8000 Österreicherinnen und 13 000 Österreicher haben im Jahr 2005 ihrer Heimat den Rücken gekehrt. Aus Deutschland zogen 145 000 Personen, knapp die Hälfte davon Frauen, in die Ferne. Die meisten verschlägt es in die Nachbarländer Schweiz, Polen und Österreich. Das deutsche Bundesamt für Statistik spricht von einem neuen Rekord. Österreichs Spitze des Auswandererbooms wurde im Jahr 2002 erreicht – damals suchten über 40 000 Personen das Weite. Zwei Drittel der „freiwilligen" Emigrantinnen nennen berufliche Gründe für den Tapetenwechsel. Einer Umfrage zufolge würden 55 Prozent aller Österreicher gern im europäischen Ausland arbeiten. Schwieriger wird es, wenn man durch Kind und Partner gebunden ist. Dann wären nur mehr 22 Prozent der Befragten bereit, zu neuen Ufern aufzubrechen.

Sprachkurse

Für Einsteigerinnen bietet sich ein Vier-Wochen-Aufenthalt im Rahmen eines Sprachkurses an. In kurzer Zeit kann man dabei nicht nur seine Sprachkenntnisse verbessern, sondern auch erfahren, wie man mit der neuen Situation im Ausland zurechtkommt.

Karrierekick

Medial wird das Thema „Arbeiten im Ausland" regelmäßig im Wirtschafts- und Karriereteil von Tages- und Wochenzeitungen aufbereitet. Persönliche Aspekte und Karrierewege abseits konventioneller Vorstellungen werden dabei meist ausgeklammert. Die „Frankfurter Allgemeine Zeitung" schreibt in ihrem Business-Dossier davon, wie die „Globalisierung bei Unternehmen einen immensen Bedarf an international einsetzbaren Fach- und Führungskräften geweckt hat". Auslandsaufenthalte bereits während des Studiums, exzellente Fremdsprachenkenntnisse und interkulturelles Verständnis als unverzichtbares Rüstzeug für spätere Spitzenpositionen sind aus Unternehmenssicht nachvollziehbar. Was im internationalen Management aber sonst noch an Voraussetzungen in punkto Persönlichkeit und Kompetenz gefordert wird, erinnert eher an Vorbereitungen für einen Langstrecken-Marathon als an eine internationale Berufslaufbahn.

Wirtschaftskrise und Arbeitsplatzmangel veranlassten die „Süddeutsche Zeitung" zu einer Reportage mit dem Titel „Die neuen Gastarbeiter". Auswanderer, Jobhopper oder Business-Globetrotter hoffen jenseits der Landesgrenzen auf bessere Bezahlung, bessere Aufstiegsmöglichkeiten und bessere Stimmung.

Anders als die italienischen Gastarbeiter, die vor 55 Jahren nach Deutschland kamen und auf dem Bau oder

in den Werkshallen der Metallindustrie schlecht bezahlte Schwerstarbeit verrichteten, haben es moderne
Job-Nomaden aus Deutschland besser. Ihre Job-Pro-
file lesen sich attraktiv und abwechslungsreich: ob als
Fitness-Trainerin in New York, Innenarchitektin in Hel-
sinki, PR-Beraterin in Peking, Versicherungsfrau in Ja-
karta, Lobbyist in Brüssel, Bankerin in London, Arzt in
Toulouse, Betriebswirtin in Shanghai, Forstwirt in Na-
mibia oder Surflehrerin auf Hawaii. Voraussetzung, um
auf fremdem Terrain zu reüssieren, ist eine große Anpas-
sungsfähigkeit. Wer sein Wahlland aber nur als Ort zum
Geldverdienen ansieht, vergibt sich tolle Chancen. In den
meisten Fällen wird man Abstriche von gewohnten Standards machen müssen. Wer aber Strand und Sonne, ein
multikulturelles Arbeitsfeld und neue soziale Kontakte
zu schätzen weiß und im Gegenzug dazu auf eine gere-
gelte Fünf-Tage-Woche, 28 Urlaubstage und bezahlten
Krankenstand verzichten kann, wird eine Job-Erfahrung
im Ausland als bereichernd erleben. Man muss sich gar
nicht immer dauerhaft in einem Land niederlassen, oft
bringt bereits eine längere Auszeit erfrischende Impulse.
„Wer sich den Wind um die Nase wehen lässt, lüftet den
Kopf", motiviert Sabine Asgodom zum Länderwechsel.
Der Münchener Unternehmenscoacherin fallen viele
gute Argumente ein, die für einen Weg in die weite Welt
sprechen. In „Leben macht die Arbeit süß" stellt sie Kosmopoliten eine Fülle an positiven Bereicherungen in
Aussicht.

Die fünf besten Gründe für ein Leben im Ausland

– Sie lernen ein anderes Verhältnis zu Leben und Arbeit
  sowie eine andere Mentalität kennen.
– Andere Arbeitsweisen zeigen Alternativen zum Bekannten auf.

- In einer fremden Sprache entwickelt man eine neue Kommunikationsfähigkeit mit anderen Argumentationsmustern.
- Sie werden offener für andere Sicht- und Handlungsweisen, andere Probleme und andere Lösungen.
- Sie werden beweglicher im Handeln und Denken, zusätzlich bekommen Sie jede Menge neuer Ideen und Anregungen.

Fit im Ausland: Neu gewonnene Lebensqualität

Menschen mit internationaler Erfahrung ziehen ein Resümee über ihre persönliche Bereicherung:
- Man erlangt mehr Gelassenheit. In vielen Ländern erreicht man mit Druck überhaupt nichts – besser, man passt sich dem anderen Rhythmus an.
- Man sammelt Erfahrungen, die den Blick auch auf Probleme in Deutschland, Österreich und der Schweiz verändern: eine Horizonterweiterung findet statt.
- Man lernt, Dinge wieder mehr zu schätzen, die man in der Heimat bereits für selbstverständlich hielt.
- Man knüpft neue private und berufliche Kontakte.
- Man wird weltoffener und risikofreudiger.
- Man lernt in vielen Weltmetropolen ein neues multikulturelles Umfeld kennen.
- Man wird flexibler und offener für Veränderungen.
- Man lernt neue Lebensrealitäten und ein neues Frauenbild kennen: Im Ausland sind mehr Frauen mit Kindern berufstätig. Mit dem Hintergrund, dass die Kinderbetreuung in diesen Ländern besser, einfacher zu bekommen und günstiger ist, als man es von zu Hause kennt.
- Man erfährt ein Miteinander verschiedener politischer, kultureller und religiöser Einstellungen aus nächster Nähe.

Warum nicht dort arbeiten, wo andere Urlaub machen? Phantasie, Ideen, Mut und Ausdauer sind dabei gefragt. Wenn Sie auf den Geschmack gekommen sind, möchte ich Ihnen im Anhang drei Frauen vorstellen, für die sich der Umzug in die USA, nach Frankreich und Italien gelohnt hat. Ihre innovativen Ideen fielen auf fruchtbaren beruflichen Boden.

Ausgefallene Idee: ein DDR-Lokal in San Francisco

Christiane Schmidt und ihre Freundin Isabell Mysyk eröffneten 1999 das „Walzwerk" – das erste ostdeutsche Restaurant in Amerika. Deutsche Gastronomie beschränkte sich für Amerikaner bisher auf die bayrische Küche. „Wir kommen aber beide aus Thüringen und wollten einen Laden eröffnen, der auch einen Bezug zu uns hat", erzählt Christiane. Auf ihrer Speisekarte finden sich längst vergessen geglaubte Nostalgie-Speisen wie „Jägerschnitzel mit Spätzle und Pilzsauce" oder „Thüringer Bratwurst mit Sauerkraut" oder „Rote-Grütze-Pudding mit Vanillesauce". Das Lokal ist ein beliebter Treffpunkt in dem rauen Stadtteil zwischen der 13. und 14. Straße in San Francisco, wo Autowerkstätten und Fabrikhallen das Ambiente dominieren. Ältere deutsche Einwanderer, junge, hippe Amerikaner und ehemalige Soldaten, die in Deutschland stationiert waren, lassen sich hier deftige ostdeutsche Spezialitäten schmecken. Die Gäste staunen über das Original-DDR-Dekor: Bilder von Marx, Engels und Lenin, alte Stühle, Tische und Geschirr – eine Zeitreise in die DDR. „Den Schrank habe ich von Opa Herbert aus Saalfeld geplündert", gesteht Christiane. Die beiden Frauen erkannten eine Marktlücke und lagen damit richtig. Seit Gourmetkritiker das „Walzwerk" entdeckten und von diesem „ungewöhnlichen, charmanten Platz" schwärmen, ist das Restaurant meist ausgebucht.

Andere Länder, andere Sitten

„Herausforderungen gab es am Anfang viele", erinnert sich die Gastronomin, „angefangen vom Weg zur Bank bis zum Bestellen eines Milchkaffees im Coffee Shop ist eben alles etwas anders. Doch man gewöhnt sich schnell um und kann sich nach einiger Zeit nicht mehr vorstellen, dass es einmal anders war." Wer in den USA arbeiten möchte, sollte sein Schulenglisch aufpolieren. „Mit der Sprache hatte ich schon Schwierigkeiten. Der 10-jährige Englischunterricht im ostdeutschen Schuldienst gibt dir schon ein paar Vokabeln mit auf den Weg, aber da wir nie die Möglichkeit hatten, unser Englisch auch zu praktizieren, habe ich am Anfang in den USA erstmal nichts verstanden", erzählt Christiane. Wer sich mit ihr unterhalten wollte, „musste eben alles dreimal wiederholen und sehr, sehr langsam reden".

„Go for it!", rät Christiane schon in typisch amerikanischer Manier allen Frauen, die einen Sprung in die Selbstständigkeit planen. „Unabhängigkeit ist für mich ein sehr wichtiger Lebensfaktor. Außerdem macht mir mein Business total Spaß, nur so kann man auch die viele Arbeit verkraften", so die Mutmacherin. „Manche Sachen kann man nicht vorausberechnen. Wenn wir das alles vorher genau kalkuliert hätten, die Arbeit, die Schwierigkeiten, das Geld, hätten wir es sicher nicht gemacht. Aber wenn ich manchmal innehalte und mir überlege, dass dies jetzt unser Laden ist, dass da Leute kommen und etwas von uns wollen, bei uns essen gehen – dann kann ich es kaum glauben."

Die weit verbreitete Meinung, Kontakte würden über dem großen Teich sehr oberflächlich verlaufen, kann

Christiane nicht bestätigen. „Ich finde überhaupt nicht, dass es in den Staaten schwieriger ist, enge Freundschaften zu schließen. Kontakte zu knüpfen, ist hier viel einfacher, und dann liegt es ja auch an einem selbst, wie eng sich eine Freundschaft entwickelt." Christiane und Isabell fühlen sich in ihrer Wahlheimat voll integriert. „Hier ist fast jeder von woanders zugezogen, oder Eltern und Großeltern sind irgendwann mal eingewandert. Das ergibt ein buntes, multikulturelles Gemisch, was ich total toll finde."

Blühendes Business, neue Freunde und viel Spaß

„Ich scheine ein Glückspilz zu sein", zieht Christiane Bilanz, „meine Träume und Hoffnungen, die ich vor zehn Jahren hatte, wurden weit übertroffen". Kein Wunder, dass Christiane und Isabell, die zunächst fünf Jahre in San Francisco bleiben wollten, ihre Rückkehr nach Deutschland erstmal auf unbestimmte Zeit verschoben haben.

Hinterhof-Glamour in Rom

Eigentlich wollte Andrea Stöger nur eine Woche Urlaub in Rom machen. Sie wünschte sich ein bisschen Sonne als Kontrast zum nebelgrauen Ebensee, wo die Oberösterreicherin das Modekolleg absolvierte. „Das kann nicht alles sein", dachte sie damals und ist weggefahren, um zu überlegen, wie es weitergehen soll. Nach Österreich kam sie daraufhin nur zurück, um ihre Koffer zu packen.

Heute arbeitet die Modedesignerin in einem alten Loft, das gleichzeitig auch als Showroom dient. „In Österreich kann man eigentlich nur als Trachten- oder

Sportdesignerin arbeiten", erzählt Andrea und rührt in ihrer Espressotasse. Das wollte sie jedoch nicht – und verwirklichte ihren Traum im modebegeisterten Italien. Die 38-jährige Stylistin absolvierte ein paar Lehrmonate in einer römischen Boutique, bei Penelope, „einer Designerin, die es mittlerweile wahrscheinlich gar nicht mehr gibt". Rasch begann Andrea Stöger ihre eigene, kleine Kollektion zu entwerfen. Die finanzielle Situation erforderte etwas Einfallsreichtum, und so wurden die ersten Stoffballen aus Tschechien herbeigeschafft. „Damals war gerade Leinen total in und dort noch sehr billig zu haben", erzählt die Modemacherin. Zu Beginn begeisterte sie vor allem ihre Freundinnen mit den edlen, schlichten Kollektionen im Stile einer Jil Sander. Heute zählt die römische Szene, darunter Schauspielerin Margarita Buy, zu ihren Stammkunden. Viele Frauen schätzen die ungezwungene Atmosphäre und die persönliche Beratung, fern vom Einkaufsstress in Shoppingcentern. Bei einem Kaffeeplausch wird auch gleich die Hose gekürzt oder die Bluse angepasst.

Die kreative Designerin strebt nicht auf die großen Modebühnen in Paris, Mailand oder London. „Ich glaube, die Art und Weise, wie ich momentan arbeite, entspricht meiner Persönlichkeit", findet Andrea. Außerdem möchte sie der Mode den Stellenwert geben, den sie ihrer Meinung nach verdient – nämlich Spaß und Vergnügen. „Ich würde meiner Arbeit nie die Hauptrolle in meinem Leben einräumen. Es gibt so vieles, was mich interessiert."

Ganz oben auf der Prioritätenliste rangiert ihre Tochter Alice, für die in jeder Saison einige Stücke der Damenkollektion in Kindergröße angefertigt werden. So präsentieren sich Mama und Tochter oft im Partnerlook. Seit kurzem hat Andrea Stöger ihr jüngstes Projekt verwirklicht und eine eigene Kinderkollektion auf den Markt gebracht.

„La vie en rose"
Bed and Breakfast an der Côte d'Azur

Nach ihrem Umzug in den Süden Frankreichs begann Gabriele Baldes, die als Wohnstylistin arbeitet, über ein zweites Standbein im Tourismus nachzudenken. Auslöser war das winzige Gästezimmer, das bald nicht nur ihre Freunde sehr zu schätzen wussten. Der Ansturm wurde immer größer, die Nachfrage sprengte den zur Verfügung stehenden Platz. Gabriele Baldes nahm den Plan in Angriff, das Nebengebäude des Hauses sowie das Studio im Erdgeschoss zu Ferienwohnungen auszubauen. Mit den chambres d'hôtes, wie in Frankreich Gästezimmer genannt werden, liegt die Münchnerin im Trend. In der Provence wimmelt es nur so von Privatzimmern, die in den vergangenen Jahren eröffnet wurden. Die Kriterien für die beliebten chambres d'hôtes sind genau festgelegt. „Man darf nicht mehr als fünf Zimmer haben, sonst fällt man schon in die Hotel-Kategorie. Und man muss ein Frühstück mit lokalen Produkten servieren", erzählt Gabriele Baldes.

„Ich liebe Frankreich, das Land, die Leute, das Leben. Ich glaube, es liegt mir im Blut", sagt Gabriele, die eine französische Großmutter hatte, die sie aber leider nicht mehr kennen lernte. Ein Leben im Norden könnte sie sich allein wegen des Klimas nur mehr schwer vorstellen: „Gut, ich vermisse manchmal meine Freunde und meine Familie. In Deutschland würden mir aber die unbeschwerte Lebensart, das Essengehen, die Freundschaften fehlen." Im Ort Grimaud fand sie leicht Anschluss: „Zum einen mit den Einheimischen. Außerdem leben auch viele Deutsche und Holländer hier." Einziger Wermutstropfen sind die einsamen Winter – als krasser Gegensatz zu den turbulenten Sommermonaten, in denen das 1800-Seelen-Dorf aus allen Nähten platzt. Gabriele Baldes, die berufsbedingt viel auf Reisen ist, träumt nun davon, in Zukunft mehr Zeit in ihrem geschmackvoll eingerichteten Haus zu verbringen. „Dann kann ich mich endlich mehr meinen Gästen widmen." Die Besucher, die das authentische Urlaubsziel ins Herz geschlossen haben, wo im Sommer auch schon mal in alten, französischen Eisenbetten im Garten übernachtet wird, können es kaum erwarten.

Dinner, Theater und viel Courage
Neustart in Prag

Der prunkvolle Boccaccio-Ballsaal des Grand Hotel Bohemia in der Prager Altstadt ist hell erleuchtet. Üppig goldener Dekor und blitzblanke Spiegel bilden den gebührenden Rahmen für anspruchsvolle Gäste, die sich bei Speisen und Kultur vom anstrengenden Business-Alltag erholen. Inmitten der Inszenierung sticht Karin Schmid heraus: Eine elegante Erscheinung, ganz in Schwarz gekleidet, mit einem flotten Kurzhaarschnitt, dunkler Brille und einer leuchtend orange-gelben Stola als Blickfang. Die 58-jährige Event-Managerin hat das Prager Dinner-Theater ins Leben gerufen. Sie knüpft damit an die Tradition der 20er- und 30er-Jahre des 20. Jahrhunderts an, als im „Boccaccio Ballroom", dem prächtigsten Nachtlokal der Stadt, gepflegtes Vergnügen zelebriert wurde. „Ich möchte Geschäftsreisenden, die in die Stadt kommen, ein Kontaktforum bieten und habe dazu die klassischen Gesellschaftsabende auf höchstem Niveau wieder ins Leben gerufen", erklärt Karin Schmid. Positiver Nebeneffekt: Sie hofft, auf diese Weise junge tschechische Künstler und Wirtschaftsleute zusammenzubringen. Perfekte Regie: „Wir versuchen mit dem Konzept, Theater und Kulinarisches zu verbinden. Hier soll alles zusammenwirken, es sollen alle Sinne angesprochen werden: das Riechen, das Schmecken, das Hören, das Sehen und das Fühlen. Es soll rundum ein schöner Abend sein."

Ihr Weg in die Goldene Stadt ist ein persönlicher Neubeginn. 25 lange Jahre arbeitete Karin Schmid in der Programmdirektion der ARD. Als die Tage immer monotoner abliefen, fand sie die Zeit reif für eine Veränderung. Es passte, dass ihr damaliger Lebensgefährte zu Studienzwecken nach Prag übersiedelte. Sie, die tschechische Wurzeln hat, war von der Idee sofort begeistert. Bereits vor vielen Jahren, nach dem Tod ihrer Mutter, hatte sie begonnen, Tschechisch zu lernen. An einen Ortswechsel dachte sie zu jener Zeit noch nicht.

Mit vereinter Frauen-Power

Gefühlsmäßig war sie begeistert, auch wenn sie nicht wusste, womit sie in der tschechischen Hauptstadt ihre Brötchen verdienen konnte. „Mir war klar, dass ich als Ausländerin und noch dazu in meinem Alter in Prag keine Stelle finden würde. Also gab es nur eine Möglichkeit: Ich musste mich selbstständig machen." Ihr erster Weg führte sie in Bibliotheken, wo sie die Abteilung mit Ratgebern aufsuchte. „Ein Ratgeber, der etwa 100 Möglichkeiten skizzierte, sich selbstständig zu machen, brachte mich auf die Idee der Veranstaltungsorganisation. Organisiert hatte ich ja nun während meines ganzen Berufslebens."

Neben stundenlangen Recherchen im Internet begann für Karin nun Phase zwei der Vorbereitungen. Sie besuchte Tagesseminare an einer Frauenakademie in München und nutzte Frauenberatungsstellen für berufliche Weiterentwicklung ebenso wie den Info-Point der Handelskammer. „Ich hatte bis dahin gar nicht gewusst, wie viele Netzwerke für berufstätige Frauen aller Sparten es gibt", sagt Karin Schmid. Sie war überrascht von der Hilfsbereitschaft der Frauen in diesen Netzwerken, die viele Ratschläge und Tipps parat hatten. „Ich lernte, dass ich einen Businessplan erstellen musste, einen entsprechenden Leitfaden fand ich im Internet bei einer großen Bank", erinnert sie sich. Kurzer Nachsatz: Wenn sie heute auf diesen Businessplan schaut, muss sie lächeln. „Nix ist eingetroffen, aber es war trotzdem wichtig, so ein Papier zu erstellen. Es zwingt dazu, sich konkret mit Ecken und Kanten, Finanzierung und grundsätzlichen Vorstellungen auseinander zu setzen, die man lieber unter den Tisch kehrt." An die Vorbereitungsphase erinnert sich Karin noch heute gerne. Besonders an die „bündelweise neuen Ideen, Erkenntnisse und Erfahrungen, die beim Aufbruch in eine ganz und gar neue Lebensphase" zum Vorschein kamen. Noch vor ihrem Umzug organisierten sich Karin und ihr Lebensgefährte ein Zimmer in einem Haus am Stadtrand. Dort stand auch ihr Schreibtisch mit Blick auf die vielen grünen Hügel, die die Stadt einkreisen.

Das Zimmer wurde dem Paar allerdings schnell zu klein. „Der Hausbesitzer hat für uns dann das ganze Haus ,umgearbeitet', eine Wand zwischen zwei Zimmern durchbrochen und uns so eine kuschelige Zwei-Zimmer-Wohnung regelrecht geschaffen." Auf ausgiebigen Streifzügen entdeckte Karin Schmid die Stadt. Ausführliche Schilderungen ihrer Mutter über das Prager Leben bekamen auf diese Weise Gestalt. An manchen Straßen hatte sie das Gefühl, sich an etwas zu erinnern, was sie selbst gar nicht erlebt haben konnte.

Sie besichtigte unermüdlich Hotels und Veranstaltungsorte. Und begann vor allem intensiv Kontakte aufzubauen. „Ideen und Kontakte sind die beste Basis für ein blühendes Geschäft", davon war Karin immer überzeugt. Sie konnte schnell Fuß fassen, allerdings anders, als sie es sich vorgestellt hatte. Um beruflich zu reüssieren, ist es wichtig, sich so genau wie möglich mit Geschichte und Kultur des Landes seiner Wahl bekannt zu machen.

Immer wieder konnte Karin Ausländer beobachten, die in Prag lebten und arbeiteten, aber von der Geschichte Böhmens null Ahnung hatten. Durch mehr Wissen und Interesse hätten sie viele Fehleinschätzungen – so Karins Überzeugung – vermeiden können.

Fernsehen als Sprachhilfe

Obwohl sie seit Jahren Tschechisch lernte, war der Alltag in der fremden Sprache zu Beginn schwierig. Karin legte große Disziplin an den Tag: „Ich nahm hier anfangs Sprachstunden, und drei Jahre lang lernte ich jeden Morgen Vokabeln. Zeitungen wurden mit einem Wörterbuch in der Hand bearbeitet." Immer wieder kam es auch zu amüsanten Missverständnissen. So machte sie es sich einmal vor dem Fernseher bequem, um eine Sendung mit dem Titel „Amare Roma" zu sehen. „Statt der erwarteten Reportage über mein geliebtes Rom begann allerdings ein Sprachkurs der Sprache der Roma", erzählt sie schmunzelnd. Ihr Anspruch war von Anfang an: verstehen und verstanden werden. Das gelang meistens, aber nicht immer. „Einmal fand ich in einem kleinen Selbstbedienungsladen keine Eier, sah aber eine Frau mit Eiern (vejce) im Einkaufswagen. Ich fragte sie, auf die Eier deutend, wo es dieses ‚ovoce' (Obst) gebe." Anders erging es ihrem Lebensgefährten Michael. Er konnte ohne Mühe wissenschaftliche Texte auf Tschechisch lesen, scheiterte aber mit seinem Wortschatz im Alltag – beim Einkaufen in Geschäften oder bei Bestellungen in Restaurants. Nach wenigen Jahren ging er wieder zurück. Karin blieb – vorerst noch: „Ich fühle mich in dieser Stadt zu Hause." Das Paar trennte sich. Das gemeinsame Abenteuer war ein echter „Wetzstein" für die Beziehung, erzählt Karin. Ob sich beide Partner gleich gut einleben, weiß keiner vorher. Obwohl die Idee für den Umzug von ihrem Lebensgefährten kam, fiel Karin das Sich-Einlassen viel leichter. „Auch zeigen die Herausforderungen, vor denen ein Paar im Ausland steht, den Partner unter Umständen in völlig neuem Licht. Es können neue Seiten am Partner zu Tage treten oder grundsätzliche Beziehungsprobleme klar werden, die in der Alltagsroutine zu Hause einfach nie aufgefallen sind und sich möglicherweise auch nie gezeigt hätten, solange die Routine bestand."

Persönlich hat ihr die Mitgliedschaft in Frauenclubs geholfen, sich besser in ihrer Wahlheimat zu orientieren. Sie fand schnell Kontakte in der internationalen Gemeinschaft in Prag. „Enge Freundschaften habe ich mit drei Frauen geschlossen. Zwei sind Deutsche, die seit vielen Jahren hier leben, die dritte ist Tschechin, die aber den größten Teil ihres Lebens in Deutschland verbracht hat." Dies entsprach anfangs nicht Karins Vorstellung, stellte sich aber im Nachhinein als sinnvoll heraus. Nach der samtenen Revolution befand sich die Stadt in einer kompletten Umstrukturierungs- und Aufbauphase – dabei war diese neue, internationale Gemeinschaft ein wichtiger und interessanter Kreis, der ihr viele Türen öffnete.

Ihr Wunsch nach einer tschechischen Freundin und einem tschechischen Bekanntenkreis hat sich leider nicht erfüllt. Das ist auch der Grund, warum sie sich nicht vollkommen integriert fühlt. „Ich war der festen Überzeugung, rasch in tschechische Kreise aufgenommen zu werden, tschechische Bekannte und Freunde zu finden. Dies schlug leider fehl, hier kam ich ganz und gar nicht rein. ... Von Tschechen werde ich doch zu oft als ‚Ausländerin' behandelt. Manchmal versucht man auch, wenn man meinen Akzent hört, mich zu beschummeln oder misstraut mir." Doch sie kann diese Mauer verstehen – vor allem im Hinblick auf die geschichtliche Erfahrung der Leute. „Nach 40 Jahren Kommunismus sind die Menschen Fremden gegenüber verschlossen – logisch, und die Erfahrungen, die sie in den letzten

15 Jahren mit dem Einzug des internationalen Kapitals gemacht haben, sind auch nicht alle rosig." Doch die enttäuschte Hoffnung, tschechische Freunde zu gewinnen, wurde durch eine Menge unverhoffter Glücksfälle aufgewogen. „Die aktive Tätigkeit in den mir bis dahin ja so fremden Frauenclubs brachte viele interessante Begegnungen. Ich organisierte einen Charity-Ball in der Prager Burg mit und leitete monatliche Treffen von Frauen im Business." Das schönste Erfolgserlebnis für Karin ist, dass ihr kleines Unternehmen tatsächlich ins Laufen kam. „Natürlich zog ich los mit der Vorstellung, das wird klappen. Aber ich war nicht so blauäugig, einen Fehlschlag auszuschließen." Heute betreut sie Kunden aus Indien, China, Afrika und Hochzeitspaare aus England und Schottland.

Zeit für die Rückkehr

Bei ihrem Aufbruch in die Moldau-Metropole ließ sie den Ausgang des Abenteuers offen. Sie beantragte in ihrer Arbeit eine Beurlaubung, was ihr eine Rente ab dem 60. Lebensjahr sicherte. „Erstmal sehen, wie alles läuft", lautete Karins Motto. Bis vor einem Jahr konnte sie sich eine Rückkehr nach München auch gar nicht vorstellen. Nach dem geschäftsmäßig bisher erfolgreichsten Jahr war es nun Zeit für eine „Standortbestimmung". Karins Fazit: „Ich kann das Eventbüro nicht weiterhin als Ein-Frau-Betrieb führen, ich müsste jetzt Leute anstellen." Das bedeutet mehr Mitarbeiter, mehr fixe Ausgaben, mehr Druck für mehr Einnahmen, für verstärkte Kundengewinnung und für Werbung. „So musste ich mich fragen: Was will ich wirklich? Und ich erkannte, dass ich diese Vergrößerung nicht wirklich möchte. Ich erkannte, dass mir langsam der deutschsprachige kulturelle Hintergrund fehlt – und schlicht auch mein München."

Der Abschied fällt schwer. „Es ist nicht einfach, sich von etwas, das man mühsam aufgebaut hat, zu trennen. Man hängt natürlich daran. Ich bin gerade im Gespräch mit einer kleinen lokalen Agentur, die daran interessiert ist, die Hochzeiten zu übernehmen und weiterzuführen. Aber wie das weiterlaufen wird, weiß ich im Moment noch nicht. Eine freie Mitarbeiterin von mir, die fließend Deutsch spricht, möchte es gerne weitermachen, ist aber nicht in der Lage, dies selbstständig zu tun. Es sind also noch viele Fragen offen."

Doch Karin hat die Gewissheit, die ihr niemand mehr nehmen kann: „Der Aufbau war spannend, ich bin stolz auf mich, dass ich es geschafft habe, da zu stehen, wo ich heute stehe." Sie verlässt Prag, ihre zweite Heimat, nicht ohne Wehmut: „Mein Weg nimmt nun aber eine andere Richtung und ich schaue nach vorne."

Ihrem Wiedersehen mit Deutschland sieht Karin Schmid, die früher schon einmal ein paar Jahre in Italien gelebt hatte, realistisch entgegen. „Ich gehe die Rückkehr nach München so an, als ginge ich in eine fremde Stadt. Nach Jahren im Ausland kann man nicht davon ausgehen, ‚zu Hause‘ nahtlos da weiterzumachen, wo man aufgehört hat. Man selbst hat sich auch verändert." Erst einmal gönnt sie sich eine längere Pause. „In den Jahren des Geschäftsaufbaus in Prag hatte ich weder Zeit noch Lust zum Reisen. Nun freue ich mich darauf, mal wieder ausführlich Urlaub zu machen."

Allen Frauen, die einen beruflichen Neuanfang im Ausland planen, rät Eventmanagerin Karin Schmid aus eigener Erfahrung:
- Die Wünsche und Zielvorstellungen gründlich zu überprüfen: Warum will ich das tun?
- Einen langen Atem! Erst nach drei oder sogar vier Jahren lässt sich in der Regel feststellen, ob das Unternehmen gelingt oder nicht.
- Gut rechnen! Habe ich genügend Finanzpolster, um

die Anfangsphase und eventuelle Durststrecken durch-
zustehen? Was kann passieren, wenn es nicht gelingt?

– Ganz wichtig: Für die Kontaktsuche und das Knüpfen
von Netzwerken in der neuen Umgebung sollte man
sich viel Zeit nehmen.

Auf dem Laufsteg von Graz nach Milano
Wie Modemacherin Ines Valentinitsch ihren Weg ging

Die Stylistin Ines Valentinitsch hat den Sprung von einem
weißen Fleck auf der Mode-Weltkarte in die italienische
Fashion-Metropole geschafft. Gleich nach ihrer ersten
Schau sorgte sie für Aufsehen in den italienischen Medien, wenn auch eher politisch: Ines Valentinitsch prä-
sentierte sich damals mit einem „Stoppt-Haider"-Shirt.
„Frech, schrill, auffallend", jubelten Modejournalistin-
nen nach ihrem Defilee. Bis heute besticht die 35-jährige
Grazerin mit ihrer Leichtigkeit in der aufgeregten Mode-
welt: „Mode ist für mich wie eine große Theaterbühne,
wo jede Frau ihre Rolle spielt und sich vergnügt, ohne
die Dinge je zu ernst zu nehmen." Neben ihrer eigenen
Linie entwirft Ines Valentinitsch für Etienne Aigner,
Iceberg Jeans und Gössl. Die Modedesignerin lebt mit
ihrem Mann Axel und den Kindern Maximilian, Estelle
und Lara in Mailand.

Irene Mayer *Nach dem Fashion-Design-Studium an der
Wiener Hochschule für Angewandte Kunst, unter ande-
rem bei Helmut Lang, zog es Sie wie viele ihrer ehemaligen
Kollegen ins Ausland. Sie entschieden sich aber als einzige
für Mailand, die meisten gaben London oder Paris den
Vorzug. Warum haben Sie Italien gewählt? War Ihre Ent-
scheidung rein beruflich begründet oder hatten Sie auch
Träume vom Leben anderswo?*

Ines Valentinitsch Für mich war es hauptsächlich eine Gefühlssache. London konnte ich mir allein schon wegen des Klimas nicht vorstellen, mir reichten der Wind und der Regen in Wien. Ich wollte ein mediterranes Klima. Obwohl ich weder Italienisch noch Französisch konnte, hatte ich weniger Hemmungen, nach Mailand zu gehen als nach Paris. Träume hatte ich keine, denn ich war unglaublich glücklich in Wien, wo ich auch fest verankert war. Es war anfangs eine rein berufliche Entscheidung. Es hätte sich die Möglichkeit geboten, nach Vorarlberg oder Salzburg zu gehen, aber ich konnte mir nicht vorstellen, dort umgeben von Berglandschaft zu sitzen, ohne Bewegung und Inspiration. In Österreich spielen sich Leben, Kultur und Kunst ja hauptsächlich in Wien ab. Vor zehn Jahren war in Sachen Mode hierzulande überhaupt nichts los.

I.M. *Von der Entscheidung, einen Neustart in Mailand zu wagen, bis zur konkreten Umsetzung – was kam in der Vorbereitungsphase alles auf Sie zu?*

I.V. Ich habe mich mit meiner Präsentationsmappe in den Zug gesetzt und bin nach Mailand gefahren. Mein Cousin studierte damals Industrial Design in Italien. Er bot mir an, auf einer Matratze in seiner Wohnung zu übernachten. Ich rief dann jeden Tag bei verschiedensten Firmen an. Am Abend bin ich oft ausgegangen, vor allem mit Freunden und Kollegen meines Cousins, und versuchte Kontakte zu knüpfen. Die Leute hatten Verbindungen in die Modeszene, und ich wollte auskundschaften, wo sie jemanden suchten. So habe ich dann auch meinen ersten Job in einem Designstudio im Mailänder Zentrum gefunden. Ich stellte mich dort sofort vor, es war lustigerweise ein Feiertag, der Chef war aber trotzdem anwesend und meinte, ich könne in zwei Monaten beginnen.

I.M. *War es schwierig, als junger, österreichischer „No-Name" in Mailand Fuß zu fassen? Welche Erinnerungen* *hegen Sie heute, Jahre danach, wenn Sie an Ihre Mailänder Anfänge denken?*

I.V. Die Anfangszeit in der neuen Stadt empfand ich sehr hart und schwierig, verbunden mit vielen Tränen und Anrufen zu Hause, bei meiner Mutter und bei meinem damaligen Freund. Eine einzige Tragödie war das. Damals erschien mir Mailand nur grau, jetzt liebe ich die Stadt über alles. Was den Beruf betrifft, zählen in der Mode vor allem Kontakte. Ich kannte ja niemanden und es kostete viel Energie, sich etwas aufzubauen. Ich absolvierte ein einjähriges Master-Studium und traf auf diese Weise Leute wie Gianfranco Ferré, Romeo Gigli und Designer von der Marzotto-Gruppe. Projekte und Kontakte haben sich im Laufe der Zeit zu einem Netzwerk verwoben.

I.M. *Fiel Ihnen die Umstellung schwer, plötzlich in einer fremden Sprache zu kommunizieren?*

I.V. Das geringste Problem war die Sprache. Nach einem Jahr habe ich auch ohne Sprachkurs alles verstanden. Wenn man in dem Land lebt, geht das unglaublich schnell. Außerdem sind Italiener sehr kontaktfreudig. Man grüßt sich, wechselt ein paar Worte, erfährt viel Anteilnahme und Interesse. Ich bin gerade umgezogen, und schon weiß ich die Namen der Kinder des Portiers, kenne die Leute vom Schuhgeschäft und vom Obstladen um die Ecke.

I.M. *Sie hatten es rasch satt, bei diversen Modeschöpfern für wenig Geld zu schuften. „Ich hatte nie das Gefühl, dass meine Arbeit richtig anerkannt wurde. Daher beschloss ich, etwas Eigenes auf die Beine zu stellen", erzählten Sie* *mir in einem früheren Interview. Was raten Sie Frauen, die einen ähnlichen Schritt überlegen und sich im Ausland selbstständig machen möchten?*

I.V. Je jünger man ist, desto mehr Energie hat man. Als Frau kommt die Familienplanung hinzu. So wie in meinem Fall. Mir war immer klar, dass ich nicht nur eine Karriere anstrebte, sondern auch Kinder und Familie haben wollte. Man baut sich beruflich etwas auf, und wenn man dann Kinder bekommt, muss und will man auch einen Schritt zurück machen. Das ist nicht immer leicht. Vielleicht wäre es besser – entgegen der aktuellen Tendenz –, Kinder wieder früher zu bekommen. Das Tolle im Leben ist ja, dass alles im Fluss ist. Es ist sicher einfacher, Karriere zu machen, als eine Familie zu haben. Ich finde, was mich betrifft, gilt: Arbeiten geht mit links, während Kinder den 100-prozentigen Einsatz verlangen. Mit Nachwuchs verändert sich die Einstellung zum Beruf, man fährt ein anderes Tempo und versucht eher, das, was man erreicht hat, zu halten, weil man viel Energie für Kinder braucht.

I.M. *Worauf muss man bei der Karriereplanung im Ausland achten? Welche Fehler lassen sich vermeiden?*

I.V. Ich war zu ungeduldig, das liegt ein bisschen in meiner Natur. Fehler im Ausland schlagen sich leider gleich finanziell nieder. Je mehr Erfahrungen man sammelt, je mehr Einblick man hat, umso besser ist man vorbereitet. Das ist einerseits gut, schreckt aber auch ab. Denn wenn man es zu Ende denkt, kann man zu dem Schluss kommen: Das ist mir alles zu viel, das tue ich mir nicht an. Wer hingegen ohne lange nachzudenken den Sprung in das kalte Wasser wagt, ist gezwungen, zu schwimmen und schafft das dann auch irgendwie.

I.M. *In Mailand wird vorwiegend renommierten, großen Namen gebührend Aufmerksamkeit geschenkt. Jungen Designern macht die italienische Modemetropole das Durchstarten nicht gerade leicht. Doch Sie konnten sich* *durchsetzen und sich einen Namen machen. Was ist Ihr Erfolgsgeheimnis?*

I.V. Das hat deshalb so gut funktioniert, weil wir ein junges, unverbrauchtes Team waren, ohne kommerziellen Hintergrund. Es war ähnlich wie bei dem italienischen Modeschöpfer Moschino, wir arbeiteten mit viel Ironie und hatten großen Spaß dabei. Da war sehr viel Leichtigkeit und Verspieltheit dabei, das kam gut an. Das Problem der Mode in Mailand ist, dass sie sich oft selbst zu ernst nimmt. Ironie und Provokation lauten die Schlagwörter, die vor allem für Journalisten sehr wichtig sind. Medienleute schätzen ja ein paar originelle, groteske Schmankerln. Da die Situation für junge Stylisten in Mailand sehr schwierig ist, wagen sehr wenige Nachwuchsdesigner den Sprung auf das Parkett. Wir konnten dadurch leicht Aufmerksamkeit erregen.

I.M. *Was half Ihnen persönlich, um sich rasch in der „Wahlheimat" zu orientieren?*

I.V. Ich habe in den Anfangsjahren immer in einer Wohngemeinschaft gelebt – meist mit anderen Ausländerinnen, aber auch mit Italienern. Dadurch war immer was los. Man kocht zusammen, in einer WG wird man mitgerissen, jeder bringt Freunde mit, so lernt man leicht neue Leute kennen. Man wird auf Feste mitgenommen oder zu einem Wochenendausflug ans Meer. Hätte ich damals das Geld gehabt und mir eine eigene Wohnung leisten können, wäre es sicher viel schwieriger gewesen, Kontakte zu knüpfen.

I.M. *Wie geht es Ihnen mit persönlichen Beziehungen in der neuen Heimat? War es schwierig, Kontakte zu knüpfen? Haben Sie enge Freundschaften geschlossen?*

I.V. Ich bin gerade umgezogen, wohne jetzt im vierten Stock eines Palazzos mitten im Zentrum. Der Businesspartner meines Mannes wohnt mit seiner Familie im ersten Stock. Ähnlich wie in Neapel rufen wir uns jetzt über das Fenster zu. In der Etage unter uns lebt ein Architekt, der auch ab und zu seinen Senf dazugibt. Ein paar Häuserecken weiter wohnen Freunde. Es ist total nett und wie im Dorf. Ich sage oft, wir sind wie die Leute von Melrose Place. Ich denke, es hängt viel von einem selber ab. Ich konnte nie verstehen, wie jemand in einem Zinshaus wohnt und keine Kontakte zu seinen Nachbarn hat. Am Anfang aber herrschte völlige Depression. Ich war fertig mit dem Studium und dachte, die Welt wartet auf mich. Es war schwierig, Leute anzurufen und sich die Kontakte alle erst aufbauen zu müssen. Ich möchte nicht mehr Anfang zwanzig sein und meinen Weg erst finden müssen.

I.M. *In Mailand haben Sie auch Ihr privates Glück gefunden und Ihren Mann kennen gelernt. Sie sagten im Interview: „Das war sicher auch ein Grund, warum ich in Mailand geblieben bin." Welche Gründe gab es noch?*

I.V. Eine große Rolle spielt sicher die Infrastruktur; alles, was in der Modebranche zählt, finde ich hier. In der Umgebung von Mailand gibt es zahlreiche Stofffabriken. Es geht sehr professionell zu, in Mailand sitzen alle wichtigen Medien und PR-Agenturen, in Rom ist da schon viel weniger los.

I.M. *Gibt es etwas, woran Sie sich nach wie vor nicht gewöhnen können oder wollen? Was fällt Ihnen in Mailand am schwersten?*

I.V. Die allgemein beklagten Nachteile der Großstadt kann ich nicht bestätigen. Wir leben hier eher wie im Dorf. Ich erledige alles mit dem Rad. Kindergarten und Krabbelgruppe liegen im selben Viertel. Sicher wäre es fein, wenn S-Bahn und Züge immer pünktlich fahren würden. Aber ich habe mittlerweile mehr Gelassenheit entwickelt. Bei Zugverspätungen vertreibe ich mir die Wartezeit mit einem Buch, ich weiß mich eigentlich immer zu beschäftigen. Außerdem war das Land für seine Organisation ja nie berühmt.

I.M. *Wie fällt Ihre Bilanz über enttäuschte Hoffnungen* *und unverhoffte Glücksfälle Ihres Lebens in der neuen Heimat aus?*

I.V. Zu den enttäuschten Hoffnungen: Die Modebranche steckt in einer Krise, es ist nicht mehr so leicht wie in den 80er-Jahren. In Italien wird im Gegensatz zu Frankreich oder Belgien auch nichts zur Verbesserung der Situation getan. Hier gibt es die großen Kolosse, deren Produkte einander immer ähnlicher werden. In den 80er-Jahren hätte ich für das, was ich heute mache, keine schlaflosen Nächte verbracht. Die ganze Unternehmensseite belastet mich am meisten. Zu den Glücksfällen gehören die Erfolgsmomente in der Arbeit, wo sich immer wieder tolle Möglichkeiten ergeben haben. Wie zum Beispiel die Anrufe von Iceberg Jeans, Etienne Aigner, für die ich nach China und Japan gereist bin, aber auch von Gössl. Das Tolle bei diesen Firmen ist, dass man ein ganz anderes Budget zur Verfügung hat, sich nicht ums Geld kümmern muss und einfach nur kreieren darf. Zu den ganz großen Glücksfällen in meinem Leben zählen natürlich meine Kinder.

I.M. *Könnten Sie sich vorstellen, nochmals einen Neustart zu wagen oder wieder in Ihr Heimatland zurückzugehen? Wie hat sich die Beziehung zu Ihrer Heimat verändert?*

I.V. Man sieht nach zehn Jahren im Ausland sowohl seine neue als auch seine alte Heimat aus einem kritischeren Blickwinkel. Ich könnte mir nicht mehr vorstellen, wieder in Österreich zu leben. Mich stört zum Beispiel diese „Ich-bin-ich-Mentalität". In Graz passiert es mir regelmäßig auf der Post oder beim Bäcker, dass sich eine alte Dame oder ein alter Herr vordrängen möchten. Oder auch beim Autofahren ärgere ich mich, wenn jemand rücksichtslos auf seine Rechte pocht. Wenn ich im Frühzug in Bruck an der Mur sitze und ein paar Pendler beobachte, weiß ich genau, woher Karikaturist Deix seine Inspirationen bezieht. Österreich wäre mir mittlerweile zu wenig flexibel, zu gemütlich, da werde ich ganz kribbelig und nervös. Durch mein Mailänder Leben, wo alles sehr frenetisch ist, wo alles zackig gehen muss, bin ich an einen anderen Rhythmus gewöhnt. Ich könnte mir aber ohne weiteres vorstellen, ein neues Land, einen neuen Kontinent zu entdecken. Europa stagniert, da tut sich nicht viel momentan. Ich wäre sofort nach Shanghai gegangen, wo enorm viel passiert, neue Leute, neue Ideen. Spannend erscheinen mir auch die Märkte in Japan, China und Indien. Das fände ich sehr faszinierend, eine bestimmte Zeit dort zu leben. Istanbul kann ich mir auch gut vorstellen, das wäre auch aus der beruflichen Sicht meines Mannes in nächster Zeit leichter zu verwirklichen. Ich glaube, für jedes Kind ist es eine enorme Bereicherung, in anderen Kulturen und Ländern aufzuwachsen und so schon sehr früh die Vielfalt der Welt kennen zu lernen.

I.M. *Aus Ihrem Erfahrungsschatz: Welche Tipps haben Sie für künftige Auswanderer parat?*

I.V. So viele Sprachen wie möglich zu sprechen, ist sicher ein großer Vorteil. Dann kann ich jedem nur raten, sich ins Geschehen zu stürzen, vieles auszuprobieren, Kontakte zu knüpfen, je mehr Begegnungen mit Menschen, desto besser. Vieles hängt sicher von der eigenen Einstellung ab. Wenn ich mir sage: „Ich will" – dann geht alles.

Unter fremder Flagge

Elternsein weltweit
Mit Kind und Kegel

Eine Sache ist es, als Studentin mit leichtem Gepäck in die Ferne zu ziehen, in einem WG-Zimmer Unterschlupf zu finden und auf Uni-Festen schnell neue Kontakte zu knüpfen. Ein Umzug mit einem oder mehreren Kindern erfordert eine aufwändigere Vorbereitung. Nicht nur organisatorischer, sondern auch psychischer Natur. Während Eltern einen Umzug ins Ausland mit festen Zielen wie beruflicher Karriere, besseren Finanzen oder einem spannenden Neuanfang verknüpfen, kann es für die Kleinen schwieriger sein, sich an die neue Umgebung zu gewöhnen. Sie fühlen sich in erster Linie einmal aus ihrem gewohnten Alltag herausgerissen.

Gut meinende Angehörige zeichnen mitunter ein sehr düsteres Bild davon, wie Kinder einen Umzug ins Ausland als Verlust des Lebensmittelpunkts empfinden. Die Medien sparen ebenfalls nicht mit der Beschreibung von Horrorszenarien, die das Abenteuer Ausland in Kinderseelen auszulösen vermag. Psychologen prognostizieren in schlimmen Fällen bei Kleinkindern sogar einen Kulturschock, der, ähnlich wie bei Erwachsenen, in den Phasen Neugier, Hilflosigkeit, Angst und allmähliche Anpassung verläuft.

Erfahrungen von Familien mit Kindern, die sich aus unterschiedlichen Gründen für ein Leben fern der Heimat entschieden haben, zeigen: Die eigene Einstellung bestimmt maßgeblich, wie Kinder das Ausland erleben. Je entspannter und zufriedener Erwachsene mit der Herausforderung umgehen, desto leichter akzeptiert in der Regel auch der Nachwuchs die neue Situation. Es ist wichtig, ohne schlechtes Gewissen auf sein eigenes Glück zu schauen, nicht zuletzt der Kinder wegen.

Abgesehen von positiver Stimmung können Erwachsene ausgesprochen viel dazu beitragen, dass sich ihre Sprösslinge in der neuen Umgebung wohl fühlen. Gerade während der Anfangszeit im neuen Land benötigen Kinder besondere Unterstützung und mehr Zeit als in der Heimat. „Meine Tochter brauchte mich schon sehr. Sie war die Einzige in ihrer Klasse, die kein Französisch sprach. Sie meisterte das sehr gut, war aber natürlich manchmal frustriert. Dazu kommt, dass sie sich – ohne viel zu verstehen – an das lange Sitzen in der Schule gewöhnen musste“, erinnert sich Barbara an die ersten Wochen in Brüssel. „Sie hat eine wunderbare Lehrerin, die das toll mit ihr macht und sie auch gerne mag, was auf Gegenseitigkeit beruht. Und zu einem Kindergeburtstag war sie bereits nach kurzer Zeit auch schon eingeladen.“

Gute Vorbereitung

Es ist nicht zu empfehlen, Kindern den geplanten Umzug so lange wie möglich zu verheimlichen. Bereits Babys haben ein feines Gespür dafür und merken genau, dass sich etwas anbahnt. Besser, der Nachwuchs wird von Beginn an in die Auslandspläne der Eltern eingeweiht. Optimal ist es, man erklärt klar und verständlich die Gründe. Positiv sind auch Informationen über das neue Land, wie Fotos, Postkarten, Bücher. Gerade mit kleinen Kindern bedeutet es weniger Stress, wenn die Familie erst nachreist, nachdem bereits vor Ort eine Wohnung gefunden und ein wenig wohnlich gestaltet wurde. Viel Stress erspart sich auch, wer sich vor dem Umzug rechtzeitig über die Möglichkeiten des Schulbesuchs informiert. Wer alle paar Jahre in ein anderes Land zieht, entscheidet sich meistens für eine deutsche oder eine internationale Schule. Es gibt offiziell 117 deutsche Schulen im Ausland sowie rund 360 von Deutschland geförderte schulische Einrichtungen an staatlichen Schulen. Internationale Schulen werden besonders gern von Kindern so genannter „Expatriates", Auslandsmitarbeiter von Firmen, besucht. Der Vorteil dieser Bildungseinrichtungen, die man in den meisten größeren Städten findet, ist ihr weltweit anerkanntes Schulsystem.

Der Nachteil dabei ist, dass man Gefahr läuft, sich nur in der deutschen oder internationalen Gemeinschaft zu bewegen und nur wenig von der Realität des Landes mitbekommt. Wer vor hat, länger oder für immer an einem Ort zu bleiben, für den lohnt es sich, lokale öffentliche oder private Schulen in Betracht zu ziehen.

Von den Hiobsmeldungen über Schießereien an amerikanischen Highschools ließ sich Anja Reich nicht beirren und schickte ihren Sohn Ferdinand auf eine ganz normale New Yorker Schule. Drei Monate drückte er die Schulbank, ohne auch nur ein einziges Wort zu sagen. Als er wieder zu sprechen anfing, war sein Englisch fließend, berichtet die Journalistin in der „Zeit". Ihre amerikanische Nachbarin glaubte sogar einen leichten Brooklyn-Akzent zu erkennen. Anja Reich schätzt die offene, fröhliche Schulatmosphäre in Amerika, die sie in der Form aus Deutschland nicht kannte: „Der Klassenraum meines Sohnes sah aus wie ein Spielzimmer. Es gab ein Klavier, Computer und Legosteine. Es war eine andere Art zu lernen." Für ihre knapp zweijährige Tochter waren die fehlenden Englischkenntnisse kein Hindernis. Sie fand einen Platz in einer Kindertageseinrichtung, die von russischen Einwanderinnen geführt wurde, die ebenfalls erst seit kurzem in der Stadt lebten. Als gebürtige Ostdeutsche nahm es Anja Reich gelassen: „Ich hatte mich bereits mit dem Gedanken abgefunden, dass meine Tochter, so wie ich, Russisch als erste Fremdsprache lernen würde. Bis plötzlich bei uns um die Ecke ein Kindergartenplatz frei wurde." Barbaras Tochter besuchte sowohl die deutsche Schule im Ausland als auch eine lokale Schule. Mit der Wahl der neuen Schule, einer Waldorfschule, sind Mutter und Tochter sehr zufrieden. „Natürlich war es auf der deutschen Schule erstmal leichter", erzählt Barbara, „aber dafür haben wir jetzt hier mit der Wahl einer lokalen Schule die Chance, wirklich in der Gesellschaft zu leben und nicht nur als Zuschauer, was ich sehr schön finde."

Kinder, die in einem internationalen Umfeld aufwachsen, müssen sich schnell daran gewöhnen, dass ihre Klassenkameraden ständig wechseln. Freunde kommen und gehen. Aus der ganzen Welt, in die ganze Welt. Weil ihre Eltern Arbeiten nachgehen, die sie in verschiedene Städte rund um den Globus führen. Kinder internationaler Schulen lernen, mit dem Abschied und dem Wandel zu leben, berichtet eine Mutter, die alle paar Jahre ihren Arbeitsort wechselt: „Ihre Welt wird größer, mit jedem Tag." Anschaulich schildert Ninik Ernst in ihrem Weblog den ersten Kindergartentag ihres Sohnes Angelito im fernen Mexiko. Die Deutsche ist mit einem Mexikaner verheiratet und lebt seit vier Jahren in Cancun, der beliebten Urlauberhochburg und Großstadt an der mexikanischen Karibikküste. Seitdem kämpft sie damit, den alltäglichen Wahnsinn rund um Kinder, zweisprachige Erziehung, berufliche Neu(er-)findung, Ehemann, Beruf, Strand und Naturkatastrophen unter einen „Sombero" zu bringen. „Über Monate suchte ich in ganz Cancun nach einem geeigneten Kindergarten und entschied mich letzlich für eine bilinguale Einrichtung, welche neben einer ganztags englisch- und spanischsprachigen Erziehung ebenfalls qualifiziertes Personal, harmonische Räumlichkeiten und interessante Aktivitäten bot. Von musikalischer Früherziehung, einem Schwimmbad, einem kleinen Tiergehege auf dem Gelände bis zu einem

gut ausgestatteten Computerraum ist alles vorhanden",
erzählt Ninik, nicht ohne humorvoll anzumerken: „Nur
eines fehlte: seelsorgerische Betreuung für Mütter, die
ohne Kinder an der Hand zurück nach Hause geschickt
wurden."

Herzlich willkommen & vivamente benvenuto & you are welcome

Wer bilingual aufwächst, ist bis ins hohe Alter leistungs-
fähig, weil viele Gehirnleistungen besser ausgebildet
sind als bei Personen mit nur einer Muttersprache. Dies
ist das fulminante Ergebnis einer Studie der englischen
Universität York. Die Liste der Vorzüge, die Kinder genießen, die in zwei Sprachheimaten zu Hause sind, ist
lang. Experten auf dem Gebiet der Zweisprachigkeit,
allen voran Professor Colin Baker und sein Team von
der Universität Wales, konnten in Forschungsprojekten
in der ganzen Welt unter anderem eine Reihe weiterer Vorzüge entdecken. Diese sind auch mit großen
Erwartungen an die Hoffnungsträger einer toleranten
Gesellschaft von morgen verbunden. Zweisprachige
Kinder können als Brücke zwischen Menschen verschiedener Hautfarbe, verschiedener Religionen und
verschiedener Kulturen dienen. Zwei Sprachen ermöglichen eine breitere kulturelle Erfahrung, größere Toleranz gegenüber Unterschieden und, vielleicht, eine
Zurückdrängung des Rassismus. Die Kinder haben zwei
oder mehr Wörter für Gegenstände und Gedanken. Das
ermöglicht den Kleinen ein flüssigeres, flexibleres und
kreativeres Denken. Sie können natürlicher und aus-
drucksvoller kommunizieren. Sie ziehen Nutzen aus
zwei verschiedenen Deutungsmustern in Literatur, Tradition, Ideen sowie in Denk- und Verhaltensweisen. Weitere Gewinne sind größeres Selbstbewusstsein und mehr

Leistung und Können im Umgang mit anderen Sprachen. Als Informationsquellen im Internet sind unter anderem www.zweisprachigkeit.net und www.learn-now.de/vorteile zu empfehlen.

Neu gewonnene Freiheiten

Viele Eltern freuen sich trotz aller Hürden, die im Alltag mit Kindern im Ausland auftauchen, über neu gewonnene Freiheiten. Sie merken plötzlich, wie entspannt es sich ohne (gut gemeinte) Ratschläge von Omis, Nachbarn und Bekannten leben lässt. Auf ihren sporadischen Reisen nach Deutschland wurde Familie Schade bewusst, wie anders es sich anfühlt, ein Kind außerhalb der eigenen Heimat großzuziehen. Ihr Sohn Joel wurde kurz nach ihrem Umzug nach Spanien geboren. „Als Ausländer lebten wir gewissermaßen in einem konventionsfreien Raum. Uns stellten sich nie die Fragen: Eimer oder Waschwanne, Hipp oder Bio-Nahrung, Globuli oder Antibiotika?", erzählt das Paar im Magazin „Eltern". Diskussionen in Deutschland konnten sie bald nicht mehr folgen. Fragen wie solche, ob sie nun den neuesten Bugaboo-Kinderwagen oder Designer-Strampelhosen kaufen sollten, stellten sich in einem Land mit hoher Arbeitslosigkeit und ohne Kindergeld schlichtweg nicht. Die Befreiung vom sozialen Druck tat gut. Familie Schade orientierte sich bereits an anderen Realitäten: „Nachts um zehn Uhr noch mit Kind in ein Restaurant gehen? Kein Problem. Genervte Nachbarn durch ein schreiendes Kind? Undenkbar." Nie wäre in Spanien jemand auf die Idee gekommen, zu fragen: „Und was machst du so den ganzen Tag?" Diese Frage, so Joels Eltern, werde nur in Deutschland gestellt. Besonders gern dann, wenn man sich konventionellen Vorgaben verweigert und wie im Falle der Familie Schade die traditionellen Rollen als

Paar tauscht. Der „Herr des Hauses" geht in Elternzeit, während seine Frau ganztags als Juristin arbeitet. Selbst anfängliche Nachteile, die besonders Daheimgebliebene gerne suggerieren, wie der fehlende Erfahrungsschatz von Freunden und Familien mit Kindern, erwies sich im Lauf der Zeit als Vorteil. Ein Gewinn, der sich vor allem in Form eines größeren Freiheitsgefühls zeigte.

Egoismus gefragt

Keine falschen Schuldgefühle sollten sich Kosmopoliten machen, die ihren Kindern nicht nur eine neue Umgebung, sondern auch einen Schulwechsel zumuten. Zweifel, die Barbara Schwenniger, Chianti-Produzentin in der Toskana, gut kennt. „Auch ich machte mir Vorwürfe, dass wir vielleicht ein wenig unbedacht gehandelt und uns zu wenig Gedanken gemacht hatten, ob wir die Kinder aus etwas rausreißen sollten." Um dann ins Schwärmen zu geraten: „Aber es hat meinem Mann und mir in der Toskana so gut gefallen und es war für uns so ideal. So viel Kunst und Kultur!" Barbaras vermeintliche „Unbedachtheit" zahlte sich aus. Ihre Tochter profitiert von ihrer Zweisprachigkeit und studiert heute Gesang in Wien. Ihr Sohn, der beim Umzug in die Toskana noch sehr klein war, ist der „Italiener in der Familie". Er könnte sich nicht vorstellen, woanders zu leben. Barbara Schwennigers anfängliche Bedenken bezüglich Sprachhürden waren schnell verflogen: „Während ich in der ersten Zeit noch übersetzt habe, begannen nach drei Monaten meine Kinder mich auszubessern."

Mehr Zeit für die Familie, weniger Stress im Job und besseres Wetter sowieso – dies wünschten sich Gabi und Ralf Berges, als sie mit ihren Kindern Yasmin und Marlon vor sieben Jahren nach Mallorca zogen. Gabi organisiert als Office-Managerin die gemeinsame Unternehmensberaterfirma. Während die Erwachsenen ein gutes Jahr brauchten, um sich auf den anderen Rhythmus der Insel einzulassen, ging es bei ihren damals gerade schulpflichtigen Kindern wesentlich schneller. Die beiden hatten schon nach ein paar Wochen ihr Heimweh überwunden. Tochter Yasmin träumt sogar von einer Weltreise. Einer weltweiten Berufslaufbahn steht nichts im Weg. Die beiden haben die internationale Schule mit den Untersprachen Englisch und Spanisch besucht.

Studien bestätigen, dass Kindern, die in verschiedenen Ländern aufwachsen, ähnlich wie Kindern aus binationalen Ehen, in den meisten Fällen zwei Fähigkeiten in die Wiege gelegt sind, die andere sich mühsam aneignen müssen: Sie sprechen sehr oft zwei oder drei Sprachen perfekt, und sie verfügen über „interkulturelle Kompetenz" quasi aus dem Bauch heraus. Der Wechsel zwischen unterschiedlichen Kulturen fällt ihnen besonders leicht. Damit sichern sie sich schon früh eine Pole-Position auf dem internationalen Parkett. Denn Fähigkeiten zur kulturellen Relativierung und zum Perspektivenwechsel werden künftig in allen gesellschaftlichen Bereichen stärker als bisher gefragt sein.

Familie international

In ihrer E-Mail aus Tanger stellt Karin Kremer-Süß in der deutschen „Woman" ihre afrikanische Großfamilie vor. Die 44-jährige Regensburgerin lebt seit zwei Jahren mit ihrem Sohn Kevin, ihrem Mann Michel und dessen zwei Töchtern in Marokko. Ihren Mann, der aus dem westafrikanischen Kleinstaat Benin stammt, lernte sie über das Internet kennen. Karins ältester Sohn blieb in Deutschland, der 15-jährige Kevin kam mit und besucht die amerikanische Schule in Tanger. Karin ist froh, dass sich ihr Jüngster in der neuen Patchworkfamilie so wohl fühlt.

Er genießt es, mit seinen Halbgeschwistern, deren Cousins und Cousinen stundenlang herumzutollen. „Kinder, habe ich festgestellt, sind überall gleich", erzählt Karin. Sie mögen das Wasser, sie verschlingen Jugendbücher von Lemony Snicket und toben mit Georges, dem original marokkanischen Straßenhund, durch die Gegend. Einzig beim Essen melden sich unterschiedliche Bedürfnisse. „Obwohl sie alle McDonald's lieben, unterscheiden sich die kulinarischen Wünsche aus Bayern und Benin doch. Für die einen gibt es deshalb Fleischpflanzerl, Knödel und eingeschmuggelten Schweinsbraten. Die anderen bekommen Kochbananen und ihre heiß geliebten Yamswurzeln."

Mut zahlt sich aus

Das Leben im Ausland bringt an manchen Tagen auch Erschwernisse und Enttäuschungen mit sich. Obwohl wir die Sprache beherrschen, gibt es Verständigungsprobleme; kulturelle Differenzen bleiben nicht aus. Man stößt bisweilen an seine eigenen Grenzen, wenn man die inneren Sperren, sich auf „Fremdes" einzulassen, bemerkt. Hinzu kommen Herausforderungen der Natur, wie ein anstrengendes Klima: tropische Feuchtigkeit, extreme Hitze oder klirrende Kälte. Oder man ist, gemessen an nord- und mitteleuropäischen Standards, mit logistischen Hürden in Großstädten konfrontiert, die auf Kinderbedürfnisse keinerlei Rücksicht nehmen. Belohnt werden Groß und Klein dafür mit einem offeneren Blick auf die Welt, dem Beherrschen einer neuen Sprache und einem besseren Verständnis für fremde Kulturen. Auslandsaufenthalte machen Kinder reicher an Erfahrung, steigern ihre Bildung und ihr Allgemeinwissen, was sich ganz allgemein positiv auf die Lernfähigkeit auswirkt. Nicht zuletzt wird die kommunikative Kompetenz von

Kindesbeinen an gefördert: Die Kinder lernen schon in frühen Jahren, internationale Freundschaften aufzubauen.

„Kinder sind einer neuen Kultur komplett ausgeliefert"

Die Länderwechsel, die Familie Brinkmann in den vergangenen drei Jahren absolvierte, gleichen einer Tour de Force quer durch Europa ohne Atempause. Hamburg–Brüssel–Rom–Amsterdam in weniger als drei Jahren. Ihr Baby war gerade wenige Wochen alt, als Wiebke nach Rom kam. Ihr Mann wird als Manager in einem internationalen Konzern im Rotationsprinzip in verschiedenen Ländern eingesetzt. Modernes Management nimmt wenig Rücksicht auf die Bedürfnisse einer Jungfamilie. Zeit zum Einleben in die neue Umgebung bleibt bei diesem Tempo kaum. „Zum Glück hatten wir noch unsere alte Babysitterin aus Hamburg, die in der ersten Zeit mit nach Rom gekommen ist. Ich hätte das sonst nicht geschafft, mit einem Baby und einem Kleinkind", erzählt Wiebke. Die Wohnungssuche in der italienischen Hauptstadt war ein Spießrutenlauf, obwohl die Firma dabei half. „Auch wenn man Geld zur Verfügung hat und Hilfe bekommt, findet man in Rom schwer eine Wohnung. Wir hatten dann doch Glück. Ich genieße jetzt von einem Zimmer den Ausblick auf die Peterskuppel."

Manche Vorurteile gegenüber dem chaotischen Italien bestätigen sich, sagt Wiebke: „Wir haben wöchentlich Handwerker im Haus, nachdem fast 30 Jahre lang nichts renoviert wurde." Eine weitere unangenehme Erfahrung war, dass es auch im Süden im Winter unangenehm kalt wird. „Geheizt wird erst ab November und nur halbtags."

Die Firmenidee lautet: Ankommen und funktionieren. Professionelle Berater geben einen Schnellkurs in Sachen interkulturelles Verständnis. Der Ratgeber-Fokus liegt meist auf der Arbeit der Männer. Glück hatte Wiebke mit ihrer Beraterin für Rom. „Die Frau hatte ebenfalls eine Zeitlang in Italien gelebt. Sie hat mich vorher angerufen und gefragt, was ich wissen will, was für mich wichtig ist. Danach hat sie alle ihre italienischen Freunde kontaktiert." Da ging es um praktische Dinge wie „Kann man hier in der Öffentlichkeit stillen?", aber auch um kulturelle Besonderheiten im täglichen Umgang.

Professionelle Unterstützung

„Diese Vorbereitungskurse waren mir eine Hilfe, manche Sachen hätte ich sonst auch nicht verstanden. Deutsche sind bekanntlich extrem direkt. Es ist ein echter Wert, sehr klar zu sagen: Das ist blöd, lass es uns lieber anders machen. In Belgien und Italien würde man sich mit diesem Verhalten total unbeliebt machen. Das vorher zu wissen, ist schon ganz gut." Auch erspart man sich viele Umwege, wenn man wichtige Informationen vorab erhält. „Wenn du hier nach dem Weg fragst und die Leute wissen ihn nicht, dann sagen sie dir eher den falschen Weg, als dass sie zugeben: Ich weiß es nicht." Die ausgebildete Tänzerin ist von Kindesbeinen an internationale Gefilde gewöhnt. Sie verbrachte mit ihren Eltern eine Zeitlang in Kanada und studierte später in Amsterdam. „Ich war in verschiedenen Lebensphasen immer wieder im Ausland und finde es jetzt als Mutter die größte Herausforderung." Man muss es sich gut überlegen, wenn man mit Kindern ins Ausland möchte, meint Wiebke. „Denn viele Werte der eigenen Kultur kommen spätestens bei der Kindererziehung durch. Das ist nicht immer einfach, wenn man nicht nur für sich selbst, sondern auch für die Kinder vielleicht Abstriche machen muss."

Aus eigener Erfahrung weiß Wiebke, wie schwer

einem Kind das Weggehen aus der vertrauten Umgebung fallen kann. „Meine Tochter Mara war drei Jahre alt, als wir umgezogen sind, und sie hat so gelitten." Das Mädchen vermisste ihre Hamburger Freunde und brauchte ein gutes halbes Jahr, um sich umzugewöhnen. Eltern sollten damit rechnen, dass sie sich ihren Kindern am Anfang besonders widmen müssen, sagt Wiebke. Aus Erfahrung weiß sie: Der Umzug kann problemlos verlaufen, er kann den Kleinen aber auch dramatisch schwer fallen. Die weit verbreitete Meinung, dass Kinder so schnell eine neue Sprache lernen und sich so schnell anpassen, kann sie nicht bestätigen. „Das stimmt so auch nicht", findet Wiebke. Vielmehr würden Kinder ihren ganzen Halt verlieren. „Meine Tochter ist nachts schreiend aufgewacht, und wir mussten ihre Decke gerade ziehen. Ich saß einmal heulend neben ihr am Bett, weil ich auch nicht mehr wusste, was ich machen sollte. Erst nachher habe ich verstanden, dass es darum ging, Ordnung in ihr Leben zu kriegen." Das ging ihr als Mutter selbst sehr nahe. Hinzu kamen die sprachlichen Hürden. Mara hat im Kindergarten ein Jahr lang nicht gesprochen. „Was ich unterschätzt habe, ist, dass Kindern mit deutscher Muttersprache Französisch viel schwerer fällt als Englisch." Der Anspruch, sich richtig auf eine andere Kultur einzulassen, ist mit Kindern nochmals schwieriger umzusetzen. Erwachsene können ihre eigene Identität besser wahren. Sie können auch vieles intellektuell verarbeiten. „Aber Kinder sind einer neuen Kultur komplett ausgeliefert."

Wiebke erinnert sich noch sehr genau an den ersten Kindergartentag ihrer Tochter in Brüssel. In Belgien bleiben die Kleinen vom ersten Tag an allein im Hort, ohne Eingewöhnungsphase mit elterlichem Beistand. „Ich habe Mara Hausschuhe angezogen, weil ich nicht wusste, dass dort alle Kinder in Straßenschuhen herumlaufen, damit sie gleich raus in den Garten können. Da stand sie einen Vormittag lang in Hausschuhen im Regen mit nassen Füßen. Als ich sie mittags abholte, war sie komplett durchnässt, saß allein in der Cafeteria. Sie sah mich und brach total in Panik und Tränen aus." Mehrmals musste Wiebke echte Wertekonflikte mit sich selbst austragen. Etwa wenn zweieinhalbjährige Kinder im Kindergarten schon vor dem Videorekorder sitzen, weil zwei Erzieherinnen mit 40 zu betreuenden Kindern völlig überfordert sind. Oder wenn Kinder ihre Mittagspause allein im Hof mit nur ein oder zwei Betreuern – wobei einer davon einen iPod im Ohr hat – verbringen müssen. „Ich glaube, man ist sich oft nicht klar, wie tief die eigenen Werte sitzen. Bei den eigenen Kindern tut es weh, wenn einem etwas echt gegen den Strich geht." Das Klischeebild der deutschen Disziplin hat sich für Wiebke relativiert. „Ich glaube, unsere Kinder genießen im Vergleich zu südeuropäischen oder französisch-belgischen Schulen eine freiere Erziehung." Der Kindergarten galt für Brüsseler Verhältnisse als sehr liberal. Ihre kleine Tochter hat aber auch viel Positives in der Brüsseler Kultur erfahren. „Sie hat natürlich am Ende toll Französisch gekonnt. Und was in Belgien super war, es gab viele Kurse wie Zirkuskurse oder Fußball. Da wird auch von kleinen Kindern – im positiven Sinne – schon etwas verlangt." Wiebke weiß die Vorzüge lokaler Kindereinrichtungen durchaus zu schätzen. „Mara weiß schon so viel über die Welt und hat ein ganz anderes Verständnis von der Welt, demnächst möchte sie auch noch Englisch lernen."

Problemlos gelang der Kindergartenwechsel in Rom, wo die Familie ein Jahr verbrachte. „Wir haben es uns in Italien leichter gemacht und unsere Tochter auf die deutsche Schule geschickt. Der Kindergarten ist besonders schön, und es passierte nur einmal, dass Mara ihre Freundin vermisst hat." Wiebke findet, man solle sich gut überlegen, ob man die Kinder in einem anderen Land nicht in eine deutsche oder internationale Schule schicken möchte.

Party unter der Brücke

In Italien genießt Mara die vielen Freundschaften im Kindergarten – und hat so in Rom nachgeholt, was sie in Brüssel nicht hatte. „Sie ist zu allen Geburtstagen gegangen. Was ich gut finde: Italiener laden immer alle Kinder einer Klasse ein." Positiver Nebeneffekt: Wiebke legte so ihre Scheu vor dem Autofahren ab. „Ich bin nie gerne Auto gefahren, aber in Rom geht es nicht ohne." Heute chauffiert sie ihre Tochter problemlos quer durch die Stadt zu Partys – bei 25 Kindern in einer Gruppe wird fast jede Woche gefeiert. „In Italien finden alle Kindergeburtstage mit Animation statt, wie man sie aus Ferienclubs kennt. In einer bestimmten Schicht und bestimmten Kreisen gehört das dazu", erinnert sich Wiebke an Feiern, die nicht ganz nach ihrem Geschmack waren. Ein pausenlos schwatzender Animateur mit Headphone auf dem Kopf jagt die „Bambini" von einer Aktivität zur nächsten, meist in den weitläufigen, kahlen Räumlichkeiten gemieteter Veranstaltungshallen, unter Autobahnbrücken am Stadtrand. Tochter Mara gefiel das Spektakel. Die Ohrenschmerzen vom Lärm waren schnell vergessen. Da konnte ihre Mutter ruhig finden, sie komme von deutschen Kindergeburtstagen „ausbalancierter" zurück.

Italienisches Styling beginnt schon bei den Kinderschuhen. „Wenn ich im Auto vor der Schule warte, erkenne ich sofort die deutschen und die italienischen Mütter. Auch wenn viele Frauen schick gekleidet sind, präsentieren sich Italienerinnen eben noch eine Spur schicker, die Kleider sind eleganter, die Schuhe etwas spitzer", beobachtet Wiebke. Auch bei Kindern erkennt man es sofort: Mädchen haben längere Haare, mädchenhaftere Kleidchen, die Farben rosa und pink dominieren.

Kontaktquelle Kinder

Über die Kinder fand Wiebke in Rom auch schnell eine „beste Freundin": eine Deutsche, die mit einem Römer verheiratet ist und gerade ihr drittes Kind erwartet, wurde zu ihrer Vertrauten. „Ich sah sie und dachte, die sieht sympathisch aus." Das beruhte auf Gegenseitigkeit. Seither genießen die beiden Frauen ihre kostbaren Pausen vom Familienalltag – bei Cappuccino in römischen Cafés. Ob Mara und Daniel später ebenfalls zu Globetrottern werden, bleibt abzuwarten. Die besten Voraussetzungen dazu haben sie. Wiebke ist selbst ein gutes Beispiel für die These: Wer Mobilität von Kindesbeinen an gewöhnt ist, den verschlägt es auch als Erwachsenen gerne ins Ausland.

„Warum nicht gleich da leben, wo es wirklich schön ist?"
Bachmann-Preisträgerin Birgit Vanderbeke erzählt

In der grauen Großstadt Berlin hat Birgit Vanderbeke nichts mehr gehalten, als sie beschloss, „richtig wegzugehen". 1993 übersiedelte sie mit ihrer Familie in ein kleines Haus in Südfrankreich. Genau die richtige Entscheidung, wie die Bachmann-Preisträgerin findet, die sich über das neu gewonnene Lebensgefühl in ihrer Wahlheimat freut: „Ich habe viel südliche Gelassenheit erworben, und meine Stimmung hat sich gegenüber jener deutschen Großstadt sehr aufgehellt." Die Schriftstellerin, die 1956 im brandenburgischen Dahme geboren wurde, ließ sich von der Lebenslust anstecken: „Ich liebe den Umstand, dass die Franzosen so wahnsinnig gern am Leben sind." In Südfrankreich spielt auch ihre ironische Erzählung „Ich sehe was, was du nicht siehst". In ihrer „Gebrauchsanweisung für Südfrankreich" verrät die Autorin alles, was man wissen muss, um den Zauber der Region – und sei es nur für kurze Zeit – voll genießen zu können. Das Buch ist eine Liebeserklärung an eine der vielfältigsten Regionen Frankreichs, mit Trüffelmärkten und dem Ramadan in Marseille, aber vor allem an seine Bewohner mit ihrem Eigensinn und ihren Fahrkünsten. Gemeinsam mit ihrem Mann und Sohn Julian ist sich die Autorin einig: „Der ‚Midi' ist für Glück geradezu wie geschaffen."

Irene Mayer *In einem Radiointerview beschreiben Sie Ihre Übersiedelung nach Frankreich recht pragmatisch. Hatten Sie wirklich so gar keine Träume vom Leben anderswo?*
Birgit Vanderbeke Tatsächlich war es eine eher pragmatische Entscheidung, was ja nicht heißt, dass ich nicht auch geträumt hätte. Der pragmatische Aspekt ging so: In erster Linie wollte ich nicht nach Frankreich, sondern weg von Berlin und nicht wieder zurück nach Frankfurt. Eine dritte Großstadt mochte ich nicht ausprobieren, und vor dem Leben auf dem Land in Deutschland habe ich mich gefürchtet. Das hieß, Deutschland den Rücken zu kehren. Da ich die französische Sprache – zwar verrostet über die Jahre, aber doch immerhin – halbwegs „konnte", lag Frankreich nahe. Ich hatte Romanistik studiert und einmal ein paar Monate lang in Paris gelebt. Die Provence bot sich aus den üblichen Gründen an: Es ist sehr schön, wo ich lebe. Und dass das Wetter im Süden besser ist als im Norden, weiß ja jeder.
I.M. *Was war für Sie letztendlich doch ausschlaggebend, ins Ausland zu gehen und einen Neuanfang zu wagen? Gab es einen Auslöser, um in die Provence, dorthin, „wo es wirklich schön ist", wie Sie sagen, zu übersiedeln?*

B.V. Ich habe mit einem Stipendium etliche Monate in Berlin gelebt und es rundheraus gehasst. Nach kurzer Zeit wusste ich, dass diese Stadt mich abstieß. Das war ein starker Motor. Dass er uns in diese Gegend hier gebracht hat, war ein Zufall. Da hat ganz einfach der Moment entschieden, als wir durch Uzès fuhren und wussten: Das hier ist es.

I.M. *Waren Sie bei dieser Entscheidung die treibende Kraft? Mussten Sie bei Ihrem Mann und Sohn Überzeugungsarbeit leisten?*

B.V. Eindeutig war ich die treibende Kraft. Viel Überzeugungsarbeit war bei meinem Mann allerdings nicht nötig. Eher bei unserem damals achtjährigen Sohn, den wir mit der Aussicht auf ein Baumhaus und endlose Sommerferien bestochen haben. Er hat seinem Freund Karli und dessen wunderbarem Hund dennoch nachgetrauert.

I.M. *Welche Erinnerungen hegen Sie heute, 13 Jahre danach, wenn Sie an die Vorbereitungsphase und den „großen Tag" des Umzugs denken?*

B.V. Unglaublich viel Organisation: Es mussten drei Wohnungen aufgelöst werden, weil ich meine Frankfurter Wohnung während des Berlin-Aufenthalts einem Freund überlassen hatte, in dessen Berliner Wohnung ich wohnte und der seinerseits zu dieser Zeit aus der Frankfurter Wohnung auszog, und mein Mann hatte eine eigene Wohnung in Berlin. Klingt so kompliziert, wie es war. Dazu nachdenken, ob das mit dem Geld klappt. Alles in allem staune ich heute über unsere Kaltblütigkeit: Wir haben das tatsächlich gemacht.

I.M. *Wie erlebten Sie die Anfangszeit mit einer fremden Sprache?*

B.V. Es war insofern chaotisch, als immerzu Sprache gefragt war, die man im Romanistikstudium nicht lernt – mit Baudelaire kann ich beim Notar oder bei der Schuldirektorin nicht so weit kommen. Ich habe rasend schnell verschiedene Vokabulare lernen müssen, angefangen vom Juristischen beim Kaufvertrag über das Ofenrohr und den Kachelkleber, den Schulstoff für Drittklässler bis zur Botanik und Pharmazie. Es war sehr aufregend, und hilfreich war, dass die Franzosen diese Anstrengung, selbst wenn es anfangs ein Radebrechen war, immer aufrichtig anerkannt haben.

I.M. *Wie haben Sie Ihr Haus gefunden und welche Hürden galt es bei Adaptierung und Renovierung zu meistern?*

B.V. Das Haus zu finden, war erleichtert durch den Umstand, dass wir nur zwei Wochen während der Osterferien Zeit hatten. Ich hatte gehört, dass man mal bei der „Mairie" (Gemeindeamt) nachfragen könne, ob sie dort was wüssten. Dort schickten sie mich zum Notar. Der war ein Glücksfall, und ich habe ihm später einmal ein Buch gewidmet. Er fragte zunächst, wie viel Geld wir anzulegen gedächten. Ich nannte eine Summe, und er sagte sehr elegant, dass es für so wenig Geld hier wohl schwerlich Häuser gebe. Ich sagte, wir seien aber Künstler, und denen gäben Banken wohl ungern einen Kredit. Dann fragte er, ob wir hier wirklich wohnen wollten; es gäbe auch Leute, die hier nur für die Ferien Häuser kauften. Ich sagte, dass wir hier sogar unser Kind in die Schule schicken wollten. Dann fiel ihm ein, dass er gestern etwas auf den Tisch bekommen hatte. Wir fuhren hin. Das Grundstück war groß und kahl, das Haus war klein, neu und hässlich. Und ich weiß noch, dass ich in dem Augenblick dachte, das können wir schaffen. Mein Mann ist gelernter Alleskönner, aber bei einem alten Haus hätte ich mich doch vor den Folgen gefürchtet. Das

Haus war dann allerdings in einem katastrophalen Zustand, weil der Vorbesitzer, ein junger Lkw-Fahrer, der seine Hypothekenschulden nicht hatte bezahlen können, vor seinem von der Immobilienbank erzwungenen Auszug praktisch keinen Stein auf dem anderen gelassen hatte: Kamin zertrümmert, Küche demoliert, Türen eingetreten usw. Wir haben einen Preisnachlass ausgehandelt und uns an die Arbeit gemacht, was bei einem zehn Jahre alten kleinen Haus halbwegs überschaubar schien, aber dann natürlich doch seine Zeit in Anspruch nahm, zumal wir schnell lernen mussten, wie sehr die südliche Bauweise kleiner Einfamilienhäuser vom Improvisationstemperament ihrer Bauherren geprägt ist, zumal wenn bei denen das Geld knapp ist. Auch wir haben zwei Jahre lang arg improvisiert.

I.M. *Welche Herausforderungen kamen in der Eingewöhnungsphase auf Sie zu und welche stellen sich bis heute?*

B.V. Sonderbarerweise fiel uns die Eingewöhnung ganz einfach leicht. Die Nachbarn waren freundlich, die Direktorin der winzigen Bullerbü-Schule hier war mit einem Deutschen verheiratet, sprach zwar kein Deutsch (zum Glück), machte es Julian aber so leicht wie möglich. Dennoch würde ich heute sagen, das einzige Problem war das achtjährige Kind, das keineswegs von eben auf jetzt die Landessprache lernte, sondern sich sehr schwer damit tat. In der Schule war es radikal stumm, und zwischendurch waren sowohl die Direktorin als auch die Eltern etwas nervös. Der Knoten platzte immerhin erst am Ende des ersten Schuljahres, als wir uns zum Schulfest aufmachten, das bei der „Madonna" auf dem Hügel hinter unserem Haus gefeiert wurde. Auf dem Weg kam uns der Hausmeister der Schule entgegengelaufen und rief schon von weitem: „Il parle" – er spricht. Was hat er gesagt? Und das ist bei uns seitdem ein bedeutender historischer Satz – er hatte gesagt: „J'ai oublié mon sac à dos à la maison." Ich habe meinen Rucksack zu Hause vergessen.

I.M. *Was half Ihnen persönlich, um sich rasch in der „Wahlheimat" zu orientieren?*

B.V. Wer mit recht wenig Geld ein Haus kauft, das in einem schlechten Zustand ist, der hat erstmal einen ganzen Haufen Herausforderungen am Hals: Wie treiben wir das Geld auf, das wir dann mit eigener Arbeit in Haus und Garten stecken? Also ist das auch ein Zeitproblem – gleichzeitig Geld verdienen und hier mit einigem körperlichen Aufwand investieren. Aber wir haben es auch sehr genossen, als wir die ersten Feste mit hiesigen Leuten gefeiert haben, ihre völlige Gelöstheit, Fröhlichkeit, Unbeschwertheit, ihre Lebenslust. Das kannten wir nicht aus Deutschland. Es war unerwartet leicht, hier „anzukommen". Allerdings waren wir auch neugierig, und das mögen die Leute hier. Es fing mit den Nachbarn an und ging sehr rasch mit den Bekanntschaften über die Schule weiter. Besonders erfreulich sind heute die Bekanntschaften mit den „copains" unseres Sohnes, der natürlich in einem intensiveren Ausmaß hier assimiliert ist als seine Eltern. Ihm hat es die Eingewöhnung übrigens sehr erleichtert, dass er ein recht erfolgreicher Leichtathlet war und etliche Trophäen für „seine Stadt" errungen hat.

I.M. *Sie wurden in der Provence herzlich willkommen geheißen – fühlen Sie sich auch integriert?*

B.V. Ich habe einen Beruf, der dem „Integriertsein" eher misstrauisch gegenüber steht, außerdem bin ich oft unterwegs, aber auf alle Fälle sind wir hier sehr freundlich aufgenommen worden, haben Freunde und fühlen uns nicht fremd.

I.M. *Sie erzählten davon, dass Ihr Sohn, ein erfolgreicher Leichtathlet, viel stärker assimiliert ist als seine Eltern. Sieht er sich als Franzose mit deutschen Eltern?*

B.V. Unser Sohn hat hier seine Schuljahre verbracht

und seine Berufsausbildung in Montpellier absolviert. Er selbst drückt das so aus: Ich fühle mich zu 99 Prozent als Franzose, nur wenn es um die Mettwurst geht, meldet sich das eine Prozent deutsche Herkunft. Er wird Ende des Jahres die französische Staatsbürgerschaft beantragen.

I.M. *Was haben Ihrer Meinung nach die „vielen Südfrankreichträumer, die wieder in ihre Stammkneipen zurückgingen" falsch gemacht – außer, dass sie den Kultursprung nicht wollten oder wagten. Was raten Sie für ein „geglücktes Auswandern", um nicht in eine ähnliche Falle zu tappen?*

B.V. Viele, die mit ihren Träumen hierher kommen, denken nicht darüber nach, dass Südfrankreich mitsamt seinen Bewohnern nicht in erster Linie dazu da ist, ihre Träume zu erfüllen – und dann müssen sie das erfahren. Der französische Lebensstil unterscheidet sich ganz erheblich vom deutschen. Das weiß man vorher nicht so genau, aber wenn man nicht bereit ist, den eigenen Stil wenigstens so weit zu modifizieren, dass soziale Kontakte möglich werden, kann man hier sehr, sehr einsam sein.

I.M. *Wie fällt Ihre Zehn-Jahres-Bilanz in Südfrankreich über enttäuschte Hoffnungen und unverhoffte Glücksfälle aus?*

B.V. Unsere Zehn-Jahres-Bilanz fiel in den Sommer, als unser Sohn nach mehrmonatigen Schulstreiks ausgesprochen unvorbereitet in sein „Bac" ging und zur gleichen Zeit unser Swimmingpool nicht fertig wurde, weil der Maurer einfach nicht kam, und als der Swimmingpool dann schließlich fertig war, war er leck. Ich hätte mit Sicherheit ein Kapitel meiner im Jahr davor publizierten „Gebrauchsanweisung für Südfrankreich" noch einmal überdacht, wenn ich den Maurer vorher gekannt hätte. Inzwischen ist der „Bac" vergessen, der Swimmingpool ist dicht, wir stecken mitten in neuen Plänen und halten allein das schon für einen gewaltigen Glücksfall.

I.M. *Was gehört für Sie zu den schönsten Erfahrungen und Erlebnissen in Ihrer Wahlheimat?*

B.V. Jeder Tag. Im Winter vielleicht nur zwei von drei Tagen.

I.M. *Wie hat sich Ihr Leben in Frankreich auf Ihre schriftstellerische Arbeit ausgewirkt?*

B.V. Wenn Sie in einer anderen Sprache leben als schreiben, schont das einerseits die Schreibsprache, die sich in gewisser Weise nicht so abnutzt durch die Gedankenlosigkeit, mit der die Alltagssprache sie belasten könnte, zum anderen leben Sie im dauernden Sprachvergleich, der manchmal eine Reibung ist, die mitunter die Funken fliegen lässt. Das gilt genauso für die Lebenskultur. Frankreich hat uns alle drei sehr verändert. Und dann gibt es eine einfache Formulierung für die Bereicherung durch mein Leben in Frankreich: Zwei ist mehr als eins. Die Möglichkeit, die beiden Welten zu vergleichen, ist eine große Bereicherung. Literarisch ist für mich wohl entschieden, dass ich nicht französisch schreiben werde, und so gibt es eine praktische Arbeitsteilung: Die Alltagssprache ist das Französische, die Arbeits- und Privatsprache ist das Deutsche.

I.M. *Sie sagten in Ihrem letzten Interview, dass Sie ganz sicher da bleiben werden und keine Sekunde Heimweh gehabt hätten. Verraten Sie mir bitte, wie Sie das machen bzw. schaffen?*

B.V. Ja, ich werde weder woanders hingehen noch wieder „zurück" nach Deutschland. Ich genieße es zwar, öfters im Jahr nach Deutschland zu kommen und inzwischen eine schöne Distanz zu haben. Ich bin nicht mehr „drin", und von außen kann ich kühler beobachten, ohne dass das Land über mir zusammenschlägt und ich darin nur noch herumrudern kann. Das, wo ich herkomme – nicht Deutschland, da bin ich ja oft, sondern das ganz individuelle Leben, das ich in Deutschland geführt habe, mit allem, was dazugehörte und was daran gefehlt hat –, war eine logische Voraussetzung für das, wo ich jetzt bin – nicht Frankreich, sondern ... Und ich muss doch nicht mehr dahin, wo ich herkam, bevor ich logischerweise da hingekommen bin, wo ich jetzt bin. Wer weiß, wofür das mal die logische Voraussetzung gewesen sein mag. Es ist ein ganz grundsätzliches und im Übrigen auch dankbares Einverständnis mit dem Gang, den mein Leben genommen hat, also ein Zuhausesein im eigenen Leben. Das ist das Gegenteil von Heimweh.

„Abenteuer Ausland" aus der Sicht der Expertin

Vorübergehendes Arbeiten im Ausland

Wie kann man die Jahre in der Ferne erfolgreich meistern? Neben Offenheit, Neugier und Freude an ungewöhnlichen Herausforderungen sind intensive Vorbereitung und gezielte Unterstützung wichtig. Das Wagnis Ausland kennt Brigitte Hild aus eigener Erfahrung. Nach ihrer Ausbildung zur Luftverkehrskauffrau und einigen Jahren Öffentlichkeitsarbeit für eine Fluggesellschaft war sie 13 Jahre lang mit ihrer Familie in China, Marokko und Finnland zu Hause.

Von der Entscheidung bis zur Rückkehr

Zurück in Deutschland, gründete Brigitte Hild den Beratungsdienst „Going Global", der moderne Jobnomaden mit wertvollen Informationen, Tipps und Anregungen unterstützt. Neun Berater, darunter zwei Ärzte, eine Psychologin und ein Umzugsspezialist, sind um das Gelingen der Auslandsjahre von Rat Suchenden bemüht. Das Themenspektrum ist breit: Es reicht von Fragen zu Wohnsituation, beruflichen Möglichkeiten im Ausland, Schulwahl, Vorbereitung der Kinder bis zu praktischen Dingen wie Umzug, gesundheitlichen Aspekten und interkulturellen Ansichten. Neben einer gründlichen Vorbereitung spielt auch die emotionale Komponente eine wichtige Rolle. Toleranz, die Bereitschaft, sich auf Neues einzulassen und Freude an der Aussicht, einmal für einige Zeit ganz anders zu leben, sind für Brigitte Hild ein gutes seelisches Rüstzeug, das den Start in einem fremden Land erleichtert. „Wesentlich ist, dass Paare und Familien die Entscheidung für den Schritt ins Ausland gemeinsam treffen. Alle sollten das Für und Wider abwägen und letztlich gemeinsam hinter der Entscheidung stehen und sich als ‚Team‘ sehen, das diese Herausforderung gemeinsam bewältigt.“

Auf Nummer sicher gehen

Gibt es so etwas wie Schutzmechanismen und Hilfen für Geist und Seele, um einen Kulturschock zu vermeiden und sich im Ausland leichter zurechtzufinden? „Wichtig ist es“, findet Expertin Hild, „sich selbst gut zu kennen, denn dann weiß man, warum man beispielsweise italienische Unpünktlichkeit im Urlaub ganz bezaubernd findet, aber im beruflichen Umfeld fast daran verzweifelt. Man sollte akzeptieren, dass kulturelle Unterschiede existieren, ohne zu sehr zu werten.“ Im Alltag bedeutet das, Begebenheiten und Erlebnisse nicht dauernd in „gut“ oder „schlecht“ einzuordnen. „Akzeptiert man Unterschiede als etwas Natürliches, kann jeder für sich entscheiden, wie weit er sich an örtliche Maßstäbe anpasst und was er an Werten und Haltungen unbedingt für sich beibehalten möchte.“ Gerade in der Anfangszeit ist wichtig, sich weder zu isolieren noch zu überfordern. „Also rausgehen, um alles Neue zu entdecken, gleichzeitig aber auch Ruhephasen einplanen, um alle Eindrücke zu verarbeiten“, empfiehlt Brigitte Hild allen Neuankömmlingen. Persönlich fiel ihr bei allen Auslandsaufenthalten das Einleben leichter, wenn sie sich möglichst schnell eine Alltagsstruktur schaffen konnte. Paare müssen erst wieder eine neue Balance finden. „Frauen, die ihren Partner begleiten, unterbrechen durch die Auslandszeit meist ihre Karriere. Das kratzt am Selbstbewusstsein, denn in unserer leistungsorientierten Kultur bedeutet der Beruf viel mehr als nur das monatliche Gehalt auf dem Konto. Der Beruf gibt auch Anerkennung und Identität." Laut Brigitte Hilds Schätzungen sind es zu 80 Prozent Männer, die mit ihren Familien im Schlepptau ins Ausland ziehen. Als Belastung für die Beziehung kommt hinzu, dass der entsandte Partner häufig beruflich viel stärker eingespannt ist als in der Heimat. „Daher ist es wichtig, sich immer wieder bewusst Zeit füreinander zu reservieren", rät Brigitte Hild. Frauen sollten sich noch vor der Abreise überlegen, wie sie die Zeit im Ausland sinnvoll für sich nutzen möchten. Und die Situation vor der Entsendung offen mit dem Partner besprechen. Auch wenn manche Firmen bei der Arbeitssuche helfen, ist es in vielen Ländern sehr schwierig, eine passende berufliche Beschäftigung für die Partnerin oder den Partner zu finden. Dieses Unterfangen scheitert oft. „Bei der Rückkehr zur Einverdiener-Ehe stellt sich in der Beziehung leicht wieder die klassische Rollenverteilung eines traditionellen Ehe- und Familienbildes ein", weiß Brigitte Hild aus persönlichem Erleben. Während sie in den ersten Jahren noch für die Fernsehstationen ARD und ZDF sowie die Deutsche Schule tätig war, fand sie sich nach der Geburt ihrer Kinder in der klassischen Rolle der „mitreisenden Ehefrau" wieder. Eine Situation, die sie mit einer Mischung aus Optimismus und Gelassenheit zu meistern versuchte: „Zunächst ist es hilfreich, die Auslandszeit als eine Chance mit vielen Möglichkeiten zu betrachten, bei der man sich Zeit und Erlaubnis geben sollte, alle Möglichkeiten auszuloten." Mit Kreativität lässt sich vieles finden, von der angestellten Berufstätigkeit über Selbständigkeit, Praktika, soziales Engagement oder Weiterbildung bis hin zu Hobbys und Zeit für die Familie. Mitreisende Partner sollten die Chancen nutzen. „Keine Entscheidung muss schließlich für immer feststehen", beruhigt Brigitte Hild. Trotz bester Absichten und sorgfältiger Vorbereitungen kann ein Auslandsaufenthalt scheitern: Zwischen 10 und 30 Prozent der Internationa-listen brechen aus verschiedenen Gründen vorzeitig ab. Entweder passt es beruflich nicht oder die Partnerschaft schlittert im Ausland in die Krise oder aber der pubertierende Nachwuchs setzt alles daran, um die Auslandszeit zu beenden. Brigitte Hild bedauert, dass es meist versäumt wird, rechtzeitig Hilfe zu suchen. „Aber mit professioneller Unterstützung ließen sich viele Dramen verhindern." Wichtig findet die „Going-Global"-Beraterin, dass Leute während ihrer Auslandszeit beruflich wie privat Kontakte in die Heimat pflegen. Auch verstärktes Selbstmarketing ist angesagt: „Es lohnt, bei jeder Heimreise, auch beim privaten Weihnachtsurlaub, im Unternehmen vorbeizuschauen." So macht man wieder auf sich aufmerksam, bringt sich ins Gespräch, und die eigenen Leistungen bleiben trotz tausender Kilometer Entfernung nicht auf der Strecke.

Vom Knüpfen zarter Bande ...

Internationale Kontakte

In dem Buch „Reich der Verluste" von Erika Pluhar erzählt die Protagonistin Magda, die immer von vielen Menschen in ihrem Leben umgeben war, dass plötzlich etwas in ihr ausgebrochen sei, das alle vertrieben habe. Sie glaubt, es liege daran, dass sie begonnen habe, Menschen zu suchen. In ihrem Fall war der Auslöser für das „Menschensuchen" eine Anhäufung von Kränkungen, Lebensleiden und Liebesbankrotten, deretwegen sie auf eine ferne Insel flieht.

Moderne Nomadinnen zieht es meist freiwillig und aus weit weniger dramatischen Gründen in die weite Welt. Dennoch bedeutet ein Neubeginn im Ausland auch, dass man sich auf Kontakt- und Freundschaftssuche begeben wird. Der Neustart bedingt eine Trennung, einen Verlust auf Zeit von den Freunden in der Heimat. Erika Pluhars Buch war daher ein willkommener Anlass für mich, über das wichtige Thema Freundschaft nachzudenken. Als ich vor sieben Jahren nach Rom kam, war ich fest entschlossen, mir rasch einen italienischen Freundeskreis aufzubauen. Am liebsten noch mit einer „besten Römer-Freundin". Dieses kühne Unternehmen gestaltete sich in der Praxis schwieriger und hürdenreicher, als ich mir das in meinen Vorstellungen ausgemalt habe.

Warum italienische Freundschaften nur langsam sprießen und, exotischen Pflanzen gleich, immer wieder längere Wachstumspausen einlegen, hat mehrere Gründe. Ohne in die Klischeekiste zu greifen, weiß ich, dass Italiener gerne in Gruppen unterwegs sind und tiefgründige Zweiergespräche dabei nicht im Vordergrund stehen. Einladungen zur spaßigen Pizza am Freitagabend werden schnell ausgesprochen. Über ein oberflächliches Geplänkel reicht die Art der Zusammenkünfte oft nicht hinaus. In Rom ist man von Touristen übersättigt, und das bekommt man, wenn man als Ausländerin hier lebt, bisweilen zu spüren. Außerdem stecken die Leute hier so viel Energie in ihre Familie, dass für die Ersatzfamilie, wie Freunde es sind, nur mehr wenig Kraft und Zeit bleibt. Hinzu kommen marode Verkehrsmittel und kilometerlange Staus in der weitläufigen Stadt, die spontane Treffen erschweren. Da geht es Einheimischen nicht anders, wie der Autor Marco Lodoli in seinem Buch „Inseln in Rom" (Insel-Verlag, 2006) treffend beschreibt. Er bedauert, wie schwierig es doch geworden ist, Freunde zu treffen: „Die Stadt scheint ein Schlachtfeld, unmöglich zu überqueren, eine Schranke aus vibrierenden Blechkisten und schlechter Laune, die dazu herausfordert, im eigenen Nest zu bleiben. Wenn man zu einer Verabredung aufbricht, eingeschmolzen in den Lavastrom aus Autos, bereut man bereits die verschrobene Idee, sich in einem Café mit einem Freund wieder treffen zu wollen, den man aus den Augen verloren hat."

Eine deutsche Kollegin, die sich in einer schweren persönlichen Krise in ihre alte Heimat zurückzog, meinte: „Wenn es dir gut geht, hast du viel Spaß mit deinen italienischen Kumpels, wenn es dir schlecht geht, stehen dir die deutschen Freunde zur Seite." Mittlerweile geht es ihr wieder gut, und sie ist längst nach Rom zurückgekehrt.

Das Thema „Freundschaften im Ausland" berührt die meisten Frauen, die woanders ihre Zelte aufgeschlagen haben, wie ich in Gesprächen immer wieder erfahren habe. Selten bekam ich auf mein Brigitte.de-Weblog so viele Kommentare wie nach meinem Beitrag „Amici, wo seid ihr?" Vielen Frauen erkannten sich in meinen Beschreibungen wieder. Wie es Weltbürgerinnen beim Knüpfen eines Beziehungsnetzes ergeht, möchte ich Ihnen natürlich nicht vorenthalten.

Als „eine spannende, aber auch anstrengende Odyssee von Cannes über Nizza nach Monaco" beschreibt Mona Häuser ihre Reise nach Südfrankreich, wo sie vor sechs Jahren eine Reiki- und Shiatsupraxis eröffnete. Ihre Suche nach Herzensmenschen, echten Freunden, gestaltet sich nicht immer leicht: „Bekanntschaften hier können nett sein, aber ich bin vorsichtig geworden, gerade die Côte d'Azur ist dermaßen ‚geldgeschädigt', dass sich dies negativ auf die Charaktere auszuwirken scheint. Bekommt man auf der einen Seite ein Lächeln geschenkt, steckt schon von der anderen Seite der Säbel im Rücken. Vieles ist nicht nur oberflächlich, sondern schlichtweg nur auf den eigenen Vorteil bedacht. Bist du hübsch, wirst du von den Frauen sofort als Konkurrentin oder von den Männern als potenzieller Betthase angesehen. Die Philosophie von Vertrauen, Ehrlichkeit und Gemeinsamkeit scheint hier irgendwie im Blau des Himmels verloren gegangen zu sein." Die Heilpraktikerin vermisst an manchen Abenden den sozialen Kontakt beim abendlichen Bierchen, den sie aus Köln kennt: „Einfach mal Späßchen machen und sich ehrlich austauschen. Auch ein vertrautes Zweiergespräch mit einer besten Freundin. Meine besten Freunde sind immer noch in Deutschland – gut, dass es das E-Mail gibt. Brieftauben wären definitiv überfordert!"

Sabina lebt seit acht Jahren in Italien und hatte in der Anfangsphase auch so ihre Schwierigkeiten, als sie an den Comer See zog: „Bei Freundschaften tendiere ich schon immer zu ‚weniger ist mehr', und so habe ich inzwischen, durch Zufall, eben ohne danach zu suchen, einen sehr schönen Freundeskreis. Ich bin wirklich froh, dass ich hier Menschen kenne, die mir ohne weiteres helfen würden, bei denen ich auch mal Probleme abladen kann und natürlich auch umgekehrt."

Auf eine 20-jährige Rom-Erfahrung, einem „harten Pflaster für wahre Freundschaften", blickt Silke Bomber. Der Durchbruch bei Kontakten gelang ihr erst über ihren Mann. Sie gründete in Rom ihre Agentur „O sole mio" und vermittelt private Unterkünfte im ganzen Stiefelland. Ihre Erfahrung beschreibt sie so: „Wenn Italiener sich aus dem Haus begeben, sind sie immer schon irgendwie gebunden: an den Partner oder gleich an eine ganze Gruppe. Da ist es sehr schwer, sich dazuzumischen. Oft hatte ich das Gefühl, mit Skepsis betrachtet zu werden. Inzwischen habe ich mich trotz allem recht gut integriert; den großen Sprung habe ich allerdings erst über meinen jetzigen Mann geschafft. Meine beste Freundin habe ich immer noch in Bremen, aber auch hier gibt es für mich Freunde, die ich nicht missen möchte, besondere Menschen, die mich hier zu Hause sein lassen."

Kein lokales Phänomen

Doch wie die unterschiedlichen Erfahrungen zeigen, sind Herausforderungen bei der Kontaktsuche und -pflege kein lokales Phänomen und auch nicht an ein bestimmtes Land gebunden. Selbst der Unterschied „Stadt oder Dorf?" spielt nicht immer eine Rolle. Alexandra, die vor sechs Jahren nach Kalifornien ausgewandert ist, berichtet: „Ich habe zwar meinen Mann dort und mittlerweile einen kleinen Sohn, aber das mit den Freundinnen ist so eine Sache. Es ist immer einfach, mit ein paar Leuten auf ein Bier zu gehen, aber mehr als Smalltalk ist da in der Regel nicht angesagt. Ich dachte, das wäre nur hier in den USA, vor allem im sehr oberflächlichen Kalifornien so, aber das scheint nicht der Fall zu sein." Die Wahlkalifornierin hat sich einen internationalen Freundeskreis aufgebaut: „Mittlerweile habe ich ein paar wenige, richtig gute Freundinnen gefunden, mit denen ich mich austauschen kann, wandern gehen und einfach mal ein Wochenende verbringen kann. Denen ist egal, wie ich aussehe, wie erfolgreich ich bin oder wie viel ich verdiene. Aber komischerweise sind sie alle von irgendwoher hier zugezogen, sei es aus Deutschland, Indien, Argentinien oder von der Ostküste."

Doppelbelastung Kind und Karriere

Die Lebensphase zwischen Ende 20 und 40 ist für Frauen anstrengend. Arbeit, Kind und Beziehung wollen unter einen Hut gebracht werden. Spätestens wer nach dem Studium aus beruflichen oder privaten Gründen ins Ausland geht, dem wird schnell klar, dass die lange Erasmusparty endgültig zu Ende ist.

Stef ist Halbitalienerin und übersiedelte vor zehn Jahren mit ihrem schwedischen Mann von München nach Schweden. Ihrer Meinung nach ist es ein besonders schwieriges Unterfangen, Freunde im Ausland zu finden, wenn man 30 plus und berufstätig ist und eventuell Kinder hat. „Ich dachte anfänglich auch, dass es einfach sein müsste, Leute kennen zu lernen, wenn man nur selbst offen auf andere zugeht. Leider war es sehr, sehr schwierig. Daran ist aber definitiv nicht der mangelnde Wille schwedischer Frauen schuld." Es liege vor allem daran, dass die meisten Frauen nach dem Elternurlaub wieder in den Beruf einsteigen und dazu noch den Großteil der Hausarbeit und der Kinderbetreuung erledigen. Und so keine Zeit für sie selbst geschweige denn für Freunde bleibt. An den Wochenenden sei dann Freizeitprogramm mit den Kindern eingeplant oder man sei schlicht und einfach zu Hause und putze, räume den Garten auf oder bereite sich schon auf die nächste stressige Woche vor. Arbeitsüberlastung sieht Stef als Hauptgrund für mangelnde Kontaktpflege: „Man hat einfach keine Zeit, sich auch noch neue Freunde zu suchen oder am Abend mit einer neuen Freundin gemütlich ins Café zu gehen." Nachsatz: Das sei ihrer Ansicht nach nicht nur für Schweden typisch, sondern das ist leider immer häufiger auch Alltag in Italien, Deutschland oder wo auch immer, wo von Frauen erwartet wird, berufstätig zu sein, Kinder zu haben und obendrein tipptopp auszusehen.

Höhen und Tiefen

In Gesprächen war auch immer wieder von großem sozialen Druck die Rede, nach außen einen großen Bekanntenkreis zu präsentieren. Freunde werden zum Statussymbol. Viele, die in ein neues Land ziehen, wollen vor den Daheimgebliebenen einen besonders guten Eindruck machen. Sie wollen zeigen, dass sie Freunde haben und vor allem: wie gut die Entscheidung, hierher zu ziehen, doch eigentlich war. Eine schwere Bürde. „Natürlich klappt das nicht immer – meine Zweifel an dem Projekt Ausland, der Stadt an sich und der Dauer unseres Aufenthaltes hier scheinen mir dann doch allzu sehr ins Gesicht geschrieben", erzählt eine Gesprächspartnerin, die mit ihrem Freund von Wien nach New York zog. Antje, die seit drei Jahren in London lebt, weiß nur zu gut, wie schwierig es manchmal sein kann, Freunde und Bekannte, neue und alte, unter einen Hut zu bringen. „Ich glaube, jeder, der selbst mal im Ausland gelebt hat, weiß, dass diese Erfahrung von ständigen ‚ups and downs' geprägt ist, von einer anfänglichen Euphorie mal abgesehen. Ich finde, Frauen haben es nicht nötig, so zu tun, als wäre alles easy und rosarot."

Liebe global
Endstation Sehnsucht

Bikulturelle Familien und Partnerschaften bieten besondere Chancen für die Gesellschaft: Sie können beispiel-
gebend sein für das Bemühen um Toleranz und Achtung
anderen Kulturen gegenüber. Frauen und Männer in
interkulturellen Beziehungen sind eher bereit, das „An-
derssein" des Partners oder der Partnerin anzunehmen.
Entgegen dem medial aufgeheizten Gerede vom Kampf
der Kulturen klappt das sehr gut: Der Haussegen hängt
bei bikulturellen Partnerschaften nicht öfter schief als
bei anderen. Ihre Ehen werden nicht häufiger geschie-
den. Es gibt eine Reihe an Vorteilen und Bereicherungen
der eigenen Erfahrungs- und Erlebniswelt. Wer mit
einem Mann oder einer Frau aus einem anderen Land
zusammen ist, lernt einen neuen Kulturkreis und andere
Familienverhältnisse kennen, verliert die Angst vor dem
Fremden und wird einfach anpassungsfähiger, verständ-
nisvoller und flexibler. „Die Erfahrung einer solchen Partnerschaft wird fast immer als Bereicherung empfunden",
resümiert Edith Kresta, Autorin einer Integrationsstudie
des Berliner Senats. Sie erlebte die vielen Multikulti-
Partnerschaften, denen sie auf ihrem Streifzug durch die
deutsche Hauptstadt begegnete, als Werkstatt für neue
Lebensformen, wo tagtäglich Integration praktiziert
wird. Ein gutes Argument, um die menschenfeindliche
Ausländerpolitik in Europa zu überdenken. „Um dem
Verdacht von Scheinehen nachzugehen, wird viel Geld
aufgewendet. Völlig unbeachtet und unerforscht ist, wie
Millionen Menschen die Völkerverständigung im Alltag
gelingt", kritisiert Edith Kresta. Viele Zukunftsfragen ließen sich lösen, „wenn Familien nicht mehr als Keimzelle
des Staates, sondern einer globalisierten Welt betrachtet würden." In den Mitgliedstaaten der Europäischen
Union sind seit 1945 fast zehn Millionen Ehen geschlos-

sen worden, in denen die Partner aus unterschiedlichen Ländern kamen. In Deutschland ist jede sechste Ehe eine binationale Verbindung, und jedes fünfte Kind, das geboren wird, hat Eltern unterschiedlicher Nationalitäten. In Städten wie Berlin ist jede vierte Ehe gemischtnational. Abseits von rassistischen Ausländerwahlkämpfen und umstrittenen Integrationsstudien ist Multinationalität auch in den österreichischen Haushalten bereits gelebte Praxis: Bei jeder vierten Hochzeit, die im Jahr 2005 gefeiert wurde, stammte zumindest ein Partner aus einem anderen Land. Doch vor der Fremdenpolizei sind nicht alle Paare gleich: Menschenverachtende Gesetze machen vor Abschiebungen von Ehepartnern, die nicht aus der EU stammen, nicht Halt. Initiativen wie „Ehe ohne Grenzen" treten engagiert gegen die Ungerechtigkeit der neuen Bestimmungen durch das Fremdenrechtspaket auf, das ein ungestörtes Ehe- und Familienleben für binationale Paare massiv einschränkt.

Im Rahmen meiner Recherchen habe ich auch immer wieder Frauen getroffen, die aus Liebe zu ihrem Partner ins Ausland gingen. Unter unterschiedlichen Voraussetzungen, in unterschiedlichen Konstellationen. Jene, die für einen Mann ihre vertraute Umgebung verlassen haben und nun eine neue Sprache lernen und eine neue Kultur entdecken. Jene, die mit ihrem Mann aus beruflichen Gründen ins Ausland mitziehen. Jene, die allein weggehen und ihren Partner erst vor Ort kennen lernen. Jene, die im Ausland leben und sich in einen Mann aus der alten Heimat verlieben, eine Distanzbeziehung führen oder zwischen beiden Orten pendeln. Viele haben die Lebensweise in ihrer Wahlheimat so ins Herz geschlossen, dass sie auch nach einer Trennung von ihrem ausländischen Partner dort bleiben.

Wie vom Blitz getroffen

Frauen- und Lifestylemagazine berichten regelmäßig über Frauen, die ihre Liebe im Ausland finden und leben. Sie suggerieren gerne, dass es kaum einen schöneren Grund für einen Neuanfang im Ausland gibt. In den Mittelpunkt der Reportagen rückt meist die Faszination des Fremden. Ein exotischer Touch darf nicht fehlen. Auffallend oft ist von Liebe auf den ersten Blick die Rede, mindestens aber von schicksalhaften Begegnungen. Abgehobenes wird lieber gelesen als banaler Beziehungsalltag.

In der deutschen „Woman" erzählt Almut Dunnington über den Schwebezustand – im wahrsten Sinne des Wortes –, in dem sie sich seit der Hochzeit mit dem englischen Ballonfahrer Phil befindet. Hoch über der menschenleeren Wüstenlandschaft der Arabischen Emirate machte Phil ihr einen Hochzeitsantrag. Die Reiseleiterin sagte ja und übersiedelte nach Bristol an die englische Westküste, wo die beiden seit drei Jahren gemeinsam leben – wenn sie nicht gerade wieder irgendwo schweben.

Unverhofft kommt oft

Auch Frauen, die eigentlich nie ihre Heimat verlassen wollten, wie die Übersetzerin und frühere Reiseleiterin Griselda S., „erwischt" es. Für die Spanierin, die während einer Salzburg-Reise ihren künftigen Freund Karl traf, stand immer fest: „Ich werde in meiner Kleinstadt leben, mit einem Spanier liiert sein und im Nachbarhaus meiner Familie wohnen." Es kam anders, wie sie in der „Wienerin" verrät. Wenige Wochen, nachdem sie Karl kennen gelernt hatte, zog sie nach Österreich. Ihren spontanen Entschluss hat sie nie bereut. Nach fünfeinhalb Jahren leben und lieben in der Fremde zieht sie Bilanz: „Ich wusste zuvor nicht, dass ich das, was mir viel bedeutet, für die Liebe aufgeben kann. Auf der kurzen Reise hatte ich Gelegenheit, intensiv über mich, meine Möglichkeiten und meine Zukunft nachzudenken. Und so habe ich meinen Mut entdeckt, in einem anderen Land neu anzufangen."

Afrika-Blues

Als Vania Fedato in der Marketingabteilung bei Benetton kündigte, sahen ihre Kollegen sie an, als wäre sie eine Außerirdische. Wie kann man nur einen tollen Job aufgeben, um Hals über Kopf nach Senegal zu reisen? Sie fühle sich in Dakar weniger fremd als in ihrer Geburtsstadt Treviso, schildert Vania, von ihren afrikanischen Freunden Seynabou genannt, im italienischen Magazin „Flair".

Ihr Leben in den vergangenen Jahren war turbulent und ereignisreich: Sie verliebte sich in den Musikproduzenten Stefano, heiratete und ging mit ihm nach Dakar. Nach nur drei Jahren kam es zu Ehekrise und Scheidung. „Afrika entblößt deine Seele, im Guten wie im Schlechten. Wir waren zu unterschiedlich, das kam in Afrika noch schneller und deutlicher heraus", sagt Vania. Stefano ging zurück nach Italien, Vania blieb im Senegal. Nach Monaten großer Einsamkeit und Heimatlosigkeit erlebte sie mit Max „eine sentimentale Wiedergeburt". Ihr senegalesischer Freund ist einer der Mitarbeiter, mit denen sie ein alternatives Reiseprojekt ins Leben rief, bei dem Künstler und Hoteliers zusammenarbeiten. Die Beziehung zu Max ist eine langsame Annäherung zwischen zwei unterschiedlichen Persönlichkeiten, zwischen zwei unterschiedlichen Kulturen. Vania, alias Seynabou, nennt Max „ihren Lehrmeister in punkto Geduld".

„Allein in der Fremde zu sein, stärkt auf Dauer"
Um der Liebe willen nach Rom

Auf eine Fernbeziehung wollte sich Bettina Röder nicht noch einmal einlassen. Diese Erfahrung hatte sie vor vielen Jahren schon gemacht. Während sie sich damals nicht für einen Umzug hatte entscheiden können, stand bei ihrem jetzigen Partner der Entschluss bald fest: Sie würde zu ihrem Liebsten nach Rom ziehen. „Ich wusste, wenn ich mich jetzt nicht bewege, dann werde ich es niemals mehr tun. Hier spielte natürlich auch mein Alter eine Rolle, ich war 37, in etwa in der berühmten Midlife-Krise. Auf der anderen Seite wollte ich eine Erfahrung, die ich bereits Jahre vorher gemacht hatte, nicht wiederholen."

Mittlerweile sind acht Jahre vergangen und die beiden leben zusammen in einer großen Wohnung im Szeneviertel San Lorenzo. Als ich Bettina auf ihre interkulturelle Partnerschaft anspreche, gibt sie offen zu: „Das ist ein Riesenthema, das ich bis heute noch nicht vollständig überblicke. Die Aufgaben und Erfahrungen in einer Beziehung sind die gleichen, die man auch mit dem neuen Land macht." Dabei gilt es, unterschiedliche Mentalitäten, Blickwinkel und Erfahrungen sowie die fehlende gemeinsame Sprache zu meistern. Die größte Herausforderung für Bettina ist, wie sie sagt, „das Überbrücken des fehlenden gemeinsamen Grundgefühls, etwas, das ich sehr schwer erklären kann." Sie erzählt davon, wie beide lernen mussten, mit sehr viel Toleranz und Bereitschaft aufeinander zuzugehen – eine Chance, an der sie wuchsen. „Je mehr ich in ein neues Land eindringe und begreife, umso mehr verstehe ich auch von meinem Partner – und umgekehrt. Natürlich erwarte ich dieses Interesse an meinen Wurzeln auch von meinem Mann. Er hat es schwerer, da er nicht in dem anderen Land lebt und daher weniger gefordert ist." Sprachliche Hürden sind mittlerweile vergessen. Vor kurzem erzählte ihr Partner, dass sie im Schlaf abwechselnd italienisch und deutsch gesprochen habe. Doch der Anfang war hart, gesteht Bettina: „Obwohl ich etwas Italienisch sprach, fühlte ich mich extrem hilflos, da ich mich nicht mehr ausdrücken konnte, wie ich es gewohnt war. Ich kommuniziere gerne und ich liebe es, mit Worten zu spielen, Zwischentöne zu setzen, Mehrdeutigkeiten und neue Begriffe zu kreieren – das alles war zunächst einmal nicht mehr möglich." Besonders mühsam empfand sie die Sprachhürden bei der Organisation ihres Büros. „Ich gewöhnte mir an, mich generell bei jedem Gespräch als Erstes zu outen und meinen italienischen Gesprächspartner zu bitten, langsamer zu sprechen." Es kam der Zeitpunkt, ab dem es bergauf ging. Irgendwann klappte sogar das Spiel mit den Worten wieder. Eines Tages erwischte sie sich dabei, wie sie einen italienischen Satz dachte. Immer öfter fielen ihr deutsche Begriffe nicht mehr ein, oder sie wechselte bei einem deutschen Gesprächspartner ins Italienische.

Toleranz und Verständnis

Auch im privaten Bereich fehlte es nicht an Herausforderungen. Das „ständige Sich-neu-präsentieren-Müssen" stresste Bettina. „Ich kannte ja niemanden in Rom, und mein Partner war wild entschlossen, mir beim Aufbau eines Bekannten- und Freundeskreises zu helfen." Seine gut gemeinten Absichten kamen nicht ganz so gut an. „Wir hatten die ersten sechs Monate jede Woche ein neues Date mit seinen Freunden. Für ihn war das, denke ich, sehr schön, mich hat es extrem unter Druck gesetzt, und ich habe schließlich die Bremse gezogen." Es folgten einige „sehr harte Auseinandersetzungen", auch was die generellen Erwartungen der beiden betraf, wie sie gerne leben wollten. Stefano ist mit Leib und Seele Italiener. Er liebt es, „möglichst viele Menschen möglichst permanent um sich zu haben, träumt von einer Großfamilie und einer überbevölkerten Wohnung und empfindet Deutschland als ein ‚mortuario' (Leichenhalle)". Im Gegensatz zu Bettina, die Zeit für sich braucht und auch die Stille genießt – etwas, das ihr hier sehr fehlt. „Wir mussten Kompromisse eingehen, um unsere sehr unterschiedlichen Vorstellungen und Wünsche für beide gut lebbar zu machen." Gerade was private Beziehungen betraf, entdeckte Bettina, wie sehr sie doch in den ihr bekannten Werten und Denkstrukturen verwurzelt ist.

„Das Problem ist nicht, Kontakte zu knüpfen, das geht gut, weil ich gerne neue, interessante Menschen kennen lerne. Aber alles Weitere, das tiefer geht, funktioniert kaum." Sie hat sich oft die Frage nach dem Warum gestellt. „Vielleicht liegt das auch an der italienischen Mentalität: Da ist zum einen der Hordenzwang, also die Lust, stets in Riesengruppen auszugehen, was zum Bekanntschaften-Sammeln sicherlich gut ist, aber nicht unbedingt zur Entwicklung einer intensiveren Beziehung beiträgt." Sie vermutet, dass generell etwas in der Chemie zwischen ihr und italienischen Frauen nicht stimme. „Ich habe bisher ganz selten den Wunsch verspürt, eine Freundschaft aufzubauen oder mehr von mir zu geben. Ich sehe auch umgekehrt fast nie den Wunsch bei Italienerinnen, eine tiefer gehende Ebene mit mir zu erreichen." Man kann sich im Ausland zwar neu erfinden und alten Ballast abwerfen – der innere Kern des eigenen Ichs mit allen Ansprüchen, Wünschen und Erkenntnissen bleibt aber gleich.

Bettina glaubt, dass es gerade die italienische Leichtlebigkeit ist, die Leute aus dem Norden so fasziniert. Sie selbst hätte auch gern etwas mehr von der italienischen Art, das Leben leichter zu nehmen. „Ich habe im Laufe der Zeit festgestellt, dass ich einfach anders bin, irgendwie schon typisch deutsch, ernsthafter, schwerer, und dass es genauso wichtig für mich ist, hier ehrlich zu mir selbst zu sein, zu meinen Wurzeln zu stehen. Dies zu begreifen, war ein wichtiger Schritt für mich." Dank Internet, Telefon und Billigfliegern rücken die alte und die neue Heimat näher aneinander. Da lässt sich auch eine akute Heimweh-Attacke überwinden. „Ich habe zu meinen allerliebsten Freunden eine fast tägliche Leitung, ohne die ich allerdings auch nicht überleben würde. Denn was mir in Rom nach wie vor fehlt, ist die beste Freundin, den Menschen, der fast alles von dir weiß, mit dem du rumalbern kannst, der es ehrlich meint, wo man auch mitten in der Nacht anrufen und Verständnis finden kann." Bettina Röder sieht ihren Freundschaftswunsch mittlerweile gelassener: „Wenn eines Tages doch etwas wachsen sollte, schön, wenn nicht – auch okay."

Überraschenderweise haben sich ihre Beziehungen zu den Freunden in Deutschland sehr gebessert. „Ich denke, das liegt daran, dass wir uns viel mehr Zeit widmen. Wenn alte Freunde zu Besuch kommen, konzentrieren wir uns für einige Tage völlig aufeinander – das war vorher so gar nicht möglich." Einige Kontakte haben sich via Internet ergeben. „So habe ich zum Beispiel eine deutsche Freundin in Mailand gefunden – wahrscheinlich machen gleiche Erfahrungen offener füreinander und schweißen zusammen." Sie erinnert sich an die heftigen Gefühle, die in ihr aufkamen, als sie in Rom zum ersten Mal beim Arzt war und schließlich ins Krankenhaus musste. Das war ein Crashkurs in der Konfrontation mit dem berüchtigten italienischen Gesundheitssystem. „Das waren Schockmomente, weil die Dinge nicht so waren, wie ich sie kannte." Insbesondere vor einer kleinen Operation dachte sie, sterben zu müssen. „Aber am Ende hat mir genau diese fatalistische Einstellung geholfen, und ich musste feststellen, dass nicht alles schlecht ist, nur weil es schmutzig ist." Das sei eben auch eine wichtige Lektion: zu lernen, anderes zuzulassen und auch Vertrauen zu haben. Bettina weiß heute die kleinen Augenblicke des Glücks zu schätzen. „Das sind die Momente, von denen man vorher geträumt hat und die man sonst nur als Touristin genießen konnte." Dazu zählt ein ganz normaler Samstagnachmittag am nahen Strand in Ostia ebenso wie ein spontanes Konzert am Pantheon an einem lauen Winterabend. Ein weiterer unvergesslicher Moment war, als sie zum ersten Mal bei einer anspruchsvollen Diskussion auf Italienisch mithalten konnte. „Glück bedeutet für mich vor allem aber, meinen Platz in der neuen Umgebung wieder zu finden."

„Freiwillig auszuwandern, ist ein Privileg"
Friedensaktivistin Erni Friholt im Gespräch

Erni Friholt steckt mitten in den Vorbereitungen für die Saisoneröffnung ihres alternativen Bryggcafés. Pünktlich zur Sommersonnenwende sperrt sie gemeinsam mit ihrem Mann Ola das Café auf der Insel Orust auf. Neben legendären Torten und Kaffee gehören Diskussionen über Frauenrecht, Umwelt und Frieden zur fixen Tagesordnung in ihrem solidarischen Kaffeehaus. Erni Friholt wurde 1936 in Lilienfeld geboren. Im Alter von 13 Jahren besuchte sie ihre Schwester Gertrud in Schweden. Das Land im hohen Norden sollte nach der Stippvisite zu ihrer neuen Heimat werden. Nach ihren beruflichen Anfängen als Lehrerin setzte sie sich unermüdlich für Frieden, Frauen und Entwicklungsarbeit ein. Im Jahr 2005 wurde sie als Kandidatin für den Friedensnobelpreis nominiert. Die gebürtige Österreicherin engagierte sich unter anderem für die Gründung des Staates Bangladesch, leistete Aufbauhilfe und war in Indien als Aktivistin und Solidaritätsarbeiterin tätig. In den hellen

Mittsommernächten auf dem Holzsteg direkt am Meer, umgeben von der schwedischen Schärenlandschaft, bei Gesprächen mit Freunden und Gästen aus aller Welt, erhält Ernis Traum von einer gerechten und friedvollen Welt immer wieder neue Nahrung.

Irene Mayer *Sie haben im Alter von 13 Jahren, kurz nach dem Krieg, Österreich verlassen und sind zu Ihrer Schwester nach Stockholm gefahren. Welche Erinnerungen hegen Sie heute, Jahrzehnte danach, wenn Sie an die Vorbereitungsphase und an den Tag des Umzugs denken?*
Erni Friholt Ich war damals 13 Jahre, im Jahre 1950, und die Reise zu meiner Schwester in Schweden sollte erstmal nur ein Jahr oder kürzer dauern. Während der Zeit wollte Mutti sich in Lilienfeld um eine Arbeits- oder Studienmöglichkeit für mich umschauen. Also war es eigentlich nicht ein „Umzug" im herkömmlichen Sinne, sondern eher ein Abenteuer und eine spannende Reise in ein spannendes Land, das ich durch die Lektüre von Selma Lagerlöfs Büchern kannte.
I.M. *Ein sehr mutiger Schritt, in so jungen Jahren ohne Familie in ein unbekanntes Land mit fremder Sprache aufzubrechen. Wie erging es Ihnen dabei, konnten Sie leicht Fuß fassen?*
E.F. Ich erlebte Schweden, das später meine Wahlheimat wurde, von ausgesprochen positiver Seite. Zusammen mit Schwester und Schwager setzte ich mich wieder auf die Schulbank, um Schwedisch zu lernen. Obwohl Mutti erwartete, dass ich bald wieder nach Österreich zurückkehren würde, fand ich es trotzdem gut, die neue Sprache zu lernen. Ich hatte da keine Schwierigkeiten, kam ich doch direkt von der Hauptschule in Lilienfeld. Schlimmer war es für meine Schwester. Sie kämpfte von Anfang an gegen starkes Heimweh. Die Voraussetzungen waren ja auch ganz andere. Für sie und ihren Mann bedeutete die Reise nach Schweden den Entschluss, da Fuß zu fassen

und sich ein neues Leben aufzubauen. Ich schnüffelte herum, war neugierig, fand schnell ein paar Mädchen in meinem Alter, wir sprachen unser Schulenglisch miteinander, was für uns alle spannend war. Allmählich fing ich an, mich mit der jüngsten Vergangenheit meiner Heimat zu beschäftigen. Daraus wuchs mein Entschluss, nicht mehr in „dieses" Land zurückzufahren. Ich fühlte mich aufgrund der schlimmen Verbrechen, die während des Zweiten Weltkrieges geschahen, „in meinem Namen gekränkt", wie ich mich theatralisch ausdrückte.

I.M. *Ihre Abenteuerlust wurde also schnell von der bedrückenden Vergangenheit abgelöst. Es kam zu einem Bruch mit Ihrem Geburtsland. Frauen Ihrer Generation, die aus ähnlichen Motiven aus Deutschland und Österreich weggegangen sind, haben von einem fast physischen Gefühl des immensen Verbrechens berichtet, dem Koloss des Holocaust, von dem sie sich im Ausland zu befreien suchten. Ein Gefühl, das Sie wahrscheinlich gut kennen.*

E.F. Ich wollte mit Österreich gar nichts mehr zu tun zu haben und versuchte deshalb so schnell als möglich Schwedisch zu lernen. Ich erinnere mich noch an eine Episode, als mich ein junger Mann im Zug anredete und von meiner englischen Antwort her erkannte, dass meine Muttersprache eine andere war. „Bist du aus Deutschland?", fragte er, was ich entsetzt verneinte. Österreich, antwortete ich. Ach so, die wurden ja von Deutschland besetzt. Die Stimmung damals in Schweden war gegen alles Deutsche. Aber aus Österreich konnte man sein.

Was ich wiederum recht falsch fand, erinnerte ich mich doch noch an die vielen begeisterten Naziparaden da. Mich drückte damals schon das „kollektive Schuldgefühl", von dem man erst viele Jahre später allgemein sprach.

I.M. *Was erleichterte Ihnen persönlich das Ankommen und das Sich-heimisch-Fühlen im neuen Land?*

E.F. Vor allem meine eigene Neugierde und Freundschaftsbeziehungen zu einigen jungen Mädchen hier. In dem Ort außerhalb Stockholms, wo wir wohnten, gab es viele Einwanderer aus den verschiedensten Ländern. Es war eine Art UN-Organisation in Miniatur. Arbeit gab es genug, und somit waren alle willkommen. Ein großer Unterschied zur heutigen Situation, wo die „Asylanten" immer als Problem dargestellt werden.

I.M. *Das Engagement für Frauen und Frieden steht im Mittelpunkt ihres Lebens. Sie haben heuer die 20. Sommersaison in ihrem Bryggcafé eröffnet. Was raten Sie Frauen, die planen, sich beruflich selbstständig zu machen?*

E.F. Ratschläge zu geben, fällt mir immer schwer. Ich denke, man soll seiner inneren Stimme folgen. Will man etwas sehr stark, dann wird man es auch zu Stande bringen. Mein Mann und ich haben schon etliche Male mit jungen Leuten gesprochen, die ein Café eröffnen möchten. Unser Rat lautet: klein anfangen und organisch wachsen lassen. Nicht auf die Lockrufe von Banken horchen, die „billige Kredite" anbieten. Einen sozialen Betrieb zu handhaben, hat etwas mit Lust zu tun, mit Freude am Handwerk. In unserem Fall bedeutet das: Torten backen, denen wir Namen unserer Vorbilder geben. Berühmt ist unsere „Rosa-Luxemburg-Torte" mit Rum oder ein Nusskuchen mit Kaffeecreme, der „Mahatma Ghandis Traum" heißt, aber auch das Mandel-Baiser „Mandela". Kaffee und Tee importieren wir aus Kooperativen in Mexiko, Bolivien, Simbabwe, Tansania und Vietnam. Mehl und Eier kaufen wir von lokalen Bauern, die keine Kunstdünger und andere Chemikalien verwenden. Strom beziehen wir aus Solarenergie. Auch auf anderen Gebieten sind diese einfachen Überlegungen sicher anwendbar.

I.M. *Was bringt Ihren Traum von einer besseren, frauen- und umweltfreundlicheren Gesellschaft immer wieder ins Wanken, was stärkt ihn andererseits?*

E.F. Friedensprofessor Johan Galtung hat einmal gesagt, dass man es sich als Friedensarbeiter nicht leisten kann, pessimistisch zu sein. Daran versuche ich mich zu halten. Eine gute Einstellung ist, in allen Situationen die Möglichkeiten zu sehen. Aber zugegeben, es ist schwer. Da ist diese Trägheit, dieser klebrige „Gatsch und Quatsch", durch den man durch muss, um das Licht zu sehen. Es ist aber auch eine Herausforderung. Dieses Jahr sind Wahlen in Schweden. Eine neue feministische Partei wird den Weg ins Parlament versuchen. Das ist ein großer und schwerer Schritt, nennen sich doch alle unsere sieben Parteien „feministisch". Aber in der Praxis geschieht eben immer noch viel zu wenig. Da kann man sich schon freuen, dass eine Menge Frauen diesen Schritt wagen. Ich selbst bin parteilos, aber natürlich feministisch und friedenspolitisch engagiert.

I.M. *Wie geht es Ihnen mit persönlichen Beziehungen in der neuen Heimat? War es schwierig, Kontakte zu knüpfen? Haben Sie enge Freundschaften geschlossen?*

E.F. Ich muss versuchen, lange zurück zu denken. In den 50er-Jahren war erstmal meine Euphorie über das Land Schweden dominierend, dieses Friedensparadies ohne zerstörte Häuser, ohne Mangel an Essen. Es fiel mir leicht, Kinderfreundschaften zu knüpfen, vor allem mit schwedischen Mädchen. Dann, aus Rücksicht auf meine Mutter, eine Kriegswitwe, kehrte ich doch nach Österreich zurück. Nach ein paar Monaten zog es mich aber wieder zurück nach Schweden, wo der Freund, der später mein erster Mann wurde, auf mich wartete. Dadurch, dass er auch Österreicher war, ergab sich der Umgang vor allem mit anderen ausgewanderten Österreichern. Ich erinnere mich da an unseren ersten Besuch auf einer Schäreninsel vor Stockholm, wohin uns unsere schwedischen Nachbarn eingeladen hatten. Das war Anfang der 60er-Jahre. Wir waren sehr stolz auf diese Einladung. Meine damaligen Freundschaftsbeziehungen galten vor allem anderen Einwanderern. Heute ist das ganz anders. Zu den alten Beziehungen kamen neue, schwedische Freunde hinzu, die ich absolut als eng bezeichnen will. Das geschah erstmals durch meine Arbeit im Friedensverein, dann in Frauenorganisationen und dann nach der erneuten Heirat mit meinem schwedischen Mann. Da öffneten sich auf einmal auch für mich viele schwedische Türen.

I.M. *Sie wirken tief verwurzelt in und mit Schweden. Hatten Sie auch ab und zu Heimwehgefühle? Wie gelingt Ihnen der Spagat zwischen neuer und alter Heimat?*

E.F. Heimweh nach Österreich überkam mich vor sehr langer Zeit, kurz nach meiner ersten Rückkehr. Da erinnere ich mich, dass mir bei der Arbeit in einem Café die Tränen in die Kaffeetassen der Gäste liefen. Der Arbeitgeber hat dann ein ernstes Gespräch mit mir geführt und drohte mit Entlassung, wenn sich dieser Zustand nicht ändern würde. Heutzutage kann mich ein plötzliches Heimweh eher nach Bangladesch oder nach Indien befallen – oft hervorgerufen durch Musik. Heimweh, denke ich, haben oft die Menschen, die unfreiwillig ihre Heimat verlassen mussten, wie politische Flüchtlinge. Ich kann ja jederzeit, sollte mich Heimweh nach Österreich befallen, dahin fahren. Einen Spagat zwischen neuer und alter Heimat spanne ich nicht, zumindest nicht bewusst. Es ist mir eher unangenehm, wenn Kunden in unserem Café mich auf die guten Kuchen ansprechen und meinen, das wäre „typisch österreichische Tortenbackkunst". Als ich mit 13 aus Österreich wegging, hatte ich von Torten nicht die geringste Ahnung. Damals litten wir eher Hunger. Das sind wohl meine österreichischen Gene, kann ich vielleicht lachend antworten. Ich fühle mich total integriert in Schweden. Es verlief allerdings über den negativen Ausgangspunkt, dass ich die österreichische Identität ablegen wollte, um „ganz" Schwedin zu werden.

I.M. *Gibt es nicht doch etwas, woran Sie sich nach wie vor nicht gewöhnen können oder wollen?*

E.F. Ja, tatsächlich. Ich mag das schwedische Brot gar nicht. Es ist süß und weich. Ich bitte oft meine Besucher, Brot mitzubringen, aus Österreich oder auch aus Deutschland. Da kann man wirklich von Sehnsucht sprechen, Mohn gehört auch dazu und österreichischer Rum!

I.M. *Hatten Sie in Ihrer Partnerschaft mit Kulturunterschieden zu kämpfen?*

E.F. Ich meine, dass unsere Kulturen, die schwedische und die österreichische, einander doch sehr ähnlich sind. Allzu große Herausforderungen bedeutet dies wohl nicht in der Partnerschaft. Doch kann ich aus der Sicht meiner beiden Erfahrungen schon etwas finden, was anders ist. Ski fahren oder Klettern und Bergsteigen waren so selbstverständlich in meiner ersten Ehe. Da brauchte man nicht viele Worte darüber zu verlieren. Wir mochten das beide, und es war schön. Mit Ola, meinem zweiten Mann, lernte ich viele andere spannende Dinge, wie Segeln, überhaupt den Umgang mit Boot und Meer. Für ihn ist das selbstverständlich und keine Sache, um viel darüber zu reden, für mich hingegen eine Welt zum Bestaunen, aber leider nie zum Beherrschen. Über Ski fahren dagegen muss ich mich lange ausbreiten, um ihn davon zu überzeugen, wie schön das ist. Bis jetzt hat er es selbst noch nicht probiert. Will man diese Sachen als Herausforderungen sehen, ist mein einfacher einander die Freiheit, diese schönen Kunstfor zuführen, miteinander oder jeder für sich.

I.M. *Wie fällt Ihre Bilanz über enttäuschte Hoffnungen und unverhoffte Glücksfälle Ihres Lebens in Schweden aus?*

E.F. Da ich ein ziemlich spontaner Mensch bin, mache ich selten große Zukunftspläne. Daher ist auch die Gefahr einer enttäuschten Hoffnung gering. Der unverhoffte Glücksfall war allerdings das Treffen mit Ola, meinem zweiten Mann, mit dem ich jetzt schon 32 Jahre verheiratet bin. Er trat zwei Jahre nach meiner Scheidung in mein Leben, als ich mich schon recht schön in meinem Singleleben eingerichtet hatte. Er kam, sah und siegte. Binnen einem halben Jahr waren wir verlobt, verheiratet und auf dem Weg nach Bangladesch.

I.M. *Wie hat sich die Beziehung zu Ihrer gegebenen Heimat, die man sich ja nicht aussuchen kann, verändert? Konnten Sie damit Frieden schließen?*

E.F. Meine Beziehung zu Österreich hat sich tatsächlich verändert. Angefangen hat es damit, dass ich Ola „zu Hause" vorstellen wollte. Da musste ich doch erstmal die positiven Seiten des Landes hervorholen. Durch seine Augen schaute ich mir „mein" Österreich nochmals an und kam zu besseren Schlussfolgerungen. Ich versuchte auch wirklich herauszufinden, warum und wieso und wodurch alles damals geschah. Mildernde Umstände? Ich weiß nicht. Doch fand ich auch Freunde in der Frauenbewegung, die ich besuche und die mich in Schweden besuchen. Gemeinsam sind wir kritisch, aber auch konstruktiv durch unsere praktischen Tätigkeiten. Wir wollen ja dazu beitragen, dass in beiden Ländern gute Traditionen weitergeführt werden.

I.M. *Aus Ihrem reichen Erfahrungsschatz – welche Tipps haben Sie für künftige Auswanderer parat?*

E.F. Aus eigenem, freien Willen auszuwandern, finde ich, ist ein Privileg. Lerne so viel als möglich im Vorhinein über die neue Wahlheimat. Bleib aber neugierig genug, um immer wieder dazuzulernen. Versuch, schnell die neue Sprache zu lernen und somit dein Leben zu bereichern. Viel schwerer haben es Menschen, die sich zum Auswandern gezwungen fühlen, aus politischen oder ökonomischen Gründen. Mit diesen Menschen im Asylland auf eine gute Art umzugehen, ist unsere große Herausforderung, der fast kein Land gewachsen ist. Das Schengen-Abkommen der EU ist schändlich. Wie gering die Toleranz gegenüber diesen Menschen ist, besonders wenn sie aus Afrika oder anderen südlichen Ländern kommen und noch dazu vielleicht Muslime sind, macht mich nur rasend. Nachdem sie schon von Anfang an unterlegen sind, müssen wir die größeren Anforderungen an uns stellen und sie mit Geduld und Verständnis in unsere Gesellschaft aufnehmen. Aber wem sage ich das?

Die neue Lebensform als Chance

Freud und Leid mobiler Zeitgenossinnen

Was sucht der Mensch in der Fremde? Warum begibt er sich auf unbekannte Pfade? Was macht gelungene Aufenthalte aus? Welchen Einfluss hat das Leben in internationalen Gefilden auf die Psyche? Martina Zschocke zieht in ihrer Studie über „Mobilität in der Postmoderne" ein positives Resümee über die psychischen Auswirkungen von Reisen und Leben im Ausland. Ihre Interviewpartner berichteten von einer Bereicherung der eigenen Identität durch neue Aspekte und Eindrücke, aber auch davon, wie bisher nicht gelebte Facetten ihrer Persönlichkeit zum Vorschein kamen. „Durch Auslandsaufenthalte werden neue Lebensthemen, Interessen, Werte, Ideen und Verhaltensweisen ausgelöst", schreibt die Autorin. „Das führt nie zu einer kompletten Änderung der eigenen Identität oder Werte, aber zu einer deutlichen Erweiterung derselben." Man lässt eher Dinge zu, die man sich sonst eventuell verbietet, findet eine andere Lebensart anregend, was auch zu neuen Lebensentwürfen führen kann. All diese Faktoren bedingen eine „Entwicklung, Erweiterung und Abrundung des eigenen Selbst". Die Veränderungen können auch ein neues „Denken, Fühlen, Bewerten und Verhalten hervorrufen".

Grenzen ausloten

Wer sich ins Ausland begibt, überschreitet nicht nur im geographischen Sinne die Landesgrenzen, sondern definiert meist seinen eigenen Grenzen neu. Nicht selten kommt es zu einer Öffnung und einem größeren Handlungsspielraum. Eine Befragte der Studie, eine Frauenforscherin und Fotografin, die neun Jahre in den Niederlanden lebte, drückte ihre Erfahrung so aus: „Das alles hatte etwas Grenzüberschreitendes. Hast du den Boden nicht mehr, der Verhaltensmuster nährt, siehst du dir die Dinge anders an."

Auf ihre positive persönliche Weiterentwicklung und ihr gestärktes Selbstbewusstsein ist auch meine Gesprächspartnerin Bettina Röder stolz. Nach sieben Jahren in Italien kann sie heute sagen: „Ich bin geduldiger und gelassener geworden, aber auch gewachsen – das ist für mich das Schönste." Nie hätte sie gedacht, wie schwierig es ist, festgefahrene Denkweisen und Strukturen in sich selbst zu ändern. „Ich habe erst hier gemerkt, wie eingefahren ich dachte, wie unflexibel ich war, wie wenig ich bereit war, anderes als das, was ich kannte, zu akzeptieren. Und ich dachte von mir, flexibel und offen zu sein!" Allein in der Fremde zu sein – und sich auch so zu fühlen –, stärkt auf Dauer, findet Bettina Röder, auch wenn es zunächst als eine schmerzhafte Erfahrung erlebt wird. „Dies rief zusätzlich in mir mehr Mitgefühl und Verständnis für alle hervor, die oftmals krank und bitterarm, ausgenutzt von anderen, die an ihnen verdienen, in unseren reichen Ländern landen und wirklich ganz von vorne beginnen müssen – wenn sie überhaupt so weit kommen." Am eigenen Leib zu spüren, welch harter Prozess Integration ist, steigert den Respekt vor Menschen, die viel größere sprachliche und kulturelle Hürden nehmen müssen, um ein besseres Leben fern der Heimat zu finden. Viele freiwillige Auswanderinnen sprechen von wachsender Demut und Dankbarkeit für die eigene, vergleichsweise privilegierte Situation. Manche entdeckten erst in der Ferne den Vorteil bestimmter Sitten und Gepflogenheiten, die man von zu Hause kennt, aber bis dato nicht zu schätzen wusste.

„In Deutschland habe ich bisweilen bedauert, dass

Freunde nur noch selten unangekündigt vor der Tür stehen und ich selbst auch praktisch nie überfallsartig Freunde besuche, sondern wir uns, wie es sich gehört, immer erst telefonisch ankündigen oder verabreden. Das erspart zwar unliebsame Überraschungen, macht den Alltag aber auch wenig spontan", erzählt Susanne Fischer über ihren Alltag im Irak und das Leben der Frauen dort. Durch ihre Freundin Aziz, die darüber stöhnt, regelmäßig für große Gruppen spontan ins Haus geschneiter Verwandter kochen zu müssen, habe sie wieder die Vorzüge von geplanten Verabredungen schätzen gelernt.

Autorin Gabrielle Alioth bringt ihre Erfahrung sehr bildlich auf den Punkt: „Wir reisen in die Fremde, und indem wir sie entdecken, entdecken wir uns selbst. Aus fremden Spiegeln blickt das eigene Gesicht, und die Begegnung mit dem Anderen wird auch das Eigene verändern."

Sozialer Freiraum – „Narrenfreiheit" fern der Heimat

„Warum reisen wir? Auch dies,
damit wir Menschen begegnen, die nicht meinen,
dass sie uns kennen ein für allemal;
damit wir noch einmal erfahren,
was uns in diesem Leben
möglich sei." (Max Frisch)

Als Ausländerin genießt man den Vorteil, gewissermaßen in einem konventionsfreien Raum zu leben. Mit entsprechend räumlichem Abstand gelingt es leichter, sich von den Erwartungen anderer zu befreien. Man stellt seine eigenen Spielregeln auf. „Denn dort, wo uns niemand kennt, können wir alles sein. Wo wir keine Vergangenheit haben, lässt sich die Gegenwart erfinden", schätzt Gabrielle Alioth neu gewonnene Freiheiten und wegfal-

ollenerwartungen. „Es macht sich ein Gefühl der
: breit, weil wir den Schranken des Vertrauten
men sind.“ Auch wenn ich es schon ahnte, wurde
t im Ausland wirklich bewusst, wie eng die Be-
_____.._₍sfreiheit inmitten meines Freundeskreises und
meiner Arbeitswelt in Wien doch gewesen war, wie alles
nach einem klar festgelegten Muster ablief und die Etap-
pen genau vorgezeichnet waren: Schule, Matura, Uni,
Urlaube, Beruf, Eigentumswohnung, Kinder. Diese Fes-
seln zu lockern und zu lösen, war sehr befreiend.

Heimat, fremde Heimat

Die Frage nach den eigenen Wurzeln ist ein zentrales
Thema in der Literatur. „Heimat ist da, bevor wir sie
kennen, bevor wir sie nennen können, gegeben wie
Mutter und Vater. Für sie wird geweint, gekämpft und
gestorben, aber erst wenn wir sie verlassen, zeigt sie ihr
Wesen.“ So erklärt Gabrielle Alioth Schweizer Schülern
ihren Heimatbegriff.
   Meist haftet der Heimat oder besser: dem Verlust von
Heimat etwas Dramatisches an. Ich erinnere mich an
die Begegnung mit dem algerischen Journalisten und
Schriftsteller Amara Lakhous bei einer Lesung im Goethe-Institut in Rom. Als Metapher für seinen Abschied
von Algerien steht der Tod. Der Abreisetag aus Algier ist
in seiner Erinnerung der Tag seines Begräbnisses, der
Abflughafen wird zum Friedhof. Als er aus der Haustür
seines Elternhauses trat, konnte er nicht mehr zurück-
schauen, weil er das traurige Gesicht seiner Mutter nicht
ertragen hätte. „Meine Mutter und ich wussten in dem
Augenblick beide: Ich komme nie mehr zurück“, schildert
Lakhous eindringlich seinen Abschiedsschmerz.
   Die Schriftstellerin Anna Mitgutsch stellt in ihren Büchern immer wieder Suchende, Sehnsüchtige und Rei-

162

sende in den Mittelpunkt des Geschehens. Sie alle ringen schmerzlich um ein Zugehörigkeitsgefühl. In dem Roman „Haus der Kindheit" lobt der Protagonist Max die Größe unverwurzelter Weltenbürger. „Sind wir denn Pflanzen, dass wir Wurzeln brauchen?", fragt der Nachfahre jüdischer Exilanten, um sich sogleich über sein eigenes „Unbehaustsein" hinwegzutrösten: „Es ist aufregend, ein wurzelloser Kosmopolit zu sein." Sie sei jetzt endlich auch so weit wie Max, erzählt Anna Mitgutsch in einem Interview in „Welt der Frau": „Ich bin auch kein Baum, der irgendwo verwurzelt stehen muss." Für die Autorin mit den Lebensschwerpunkten in Linz und in Boston gehören zur Heimat „ein paar Menschen, die man liebt, Heimat ist die Sprache, Heimat sind die Bücher, die ich um mich versammle, Heimat ist mein großer Garten, den ich sehr liebe". Diese Elemente suche sie sich zusammen, sie müssten aber nicht an einem Platz komprimiert für sie vorhanden sein. Das Leben an mehreren Orten hat die Schriftstellerin natürlich geprägt. Es gehe einem dabei, meint Anna Mitgutsch, ein selbstverständliches Zugehörigkeitsgefühl verloren, eine Art „Wir-Gefühl", egal wo man sich gerade befindet. Es gebe immer gleichzeitig auch den anderen Ort, der genauso wenig wegzudenken ist. Es trete eine Entwurzelung, eine Ortlosigkeit ein, an der man leide. Einen „Zwischenort" hat sie in der Literatur gefunden: eine Heimat, in der sie nach anstrengendem Pendeln zwischen zwei Kontinenten neue Kraft tankt.

Auch in den Gesprächen mit meinen Interviewpartnerinnen landeten wir immer wieder beim Thema des „Zuhauseseins" und der Frage: „Wo gehöre ich dazu?" „Ich weiß nach sieben Jahren nicht mehr mit Sicherheit, ob ich Deutschland noch als meine Heimat bezeichne, Italien ist es aber noch viel weniger. Generell kann ich sagen, dass ich mein Heimatgefühl verloren habe und es mehr über mich selbst definiere", sagt Bettina Röder. Sie fühlt sich etwas über den Welten schwebend und fragt sich auch, ob es überhaupt wichtig ist, „Heimat" zu empfinden. „Ich denke, Heimat hat vor allem etwas mit den Beziehungen zu anderen Menschen zu tun. Letztendlich empfinde ich Heimat in glücklichen Momenten mit anderen, wenn ich Verständigung und Fluss in meinem Leben spüre. Wenn mein Herz berührt ist und sich wohl fühlt." Früher oder später im Laufe eines Auslandsaufenthaltes plagen fast jeden für kurze oder längere Zeit Heimwehgefühle – diese Schwere des Gemüts, diese Sehnsucht der Seele, die meist keinen besonderen Auslöser braucht, um sich zu melden.

Sehnsucht der Seele

„Ich hatte oftmals schlimmes Heimweh, wollte aber andererseits doch nie zurück nach Deutschland", erzählt Bettina Röder. Heute hat sie ebenso nach ein paar Tagen Sehnsucht nach Rom, wenn sie mal wieder auf „Heimatbesuch" in Deutschland ist. „Es ist seltsam, man ist nicht mehr dort, aber auch nicht ganz hier." Manchmal überlegt Bettina, ob sie zurückgehen würde, wenn sie morgen ohne ihren Partner hier wäre. „Das ist sicherlich abhängig davon, wie intensiv und verbindlich sich mein eigenes Leben, vor allem die Beziehungen zu anderen, hier weiter aufbaut."

Heimweh war vor allem in den Anfangsjahren für Designerin Ute Matthiesen-Gödecke ein Thema. „Es half mir, Briefe zu schreiben, meine Eltern und meine liebsten Freunde besuchten mich." Unterdessen hat die „norddeutsche Römerin" ihr Heimweh auf zwei Länder aufgeteilt und empfindet es als perfekte Lösung, an beiden Orten zu leben: „Nach zwei Monaten habe ich Sehnsucht nach Deutschland, nach der Ruhe und dem Landleben, danach fehlt mir Italien wieder."

„Wir kämpfen beide noch immer mit einem Kulturschock, und zudem fühle ich mich noch häufig entwurzelt
und sehr im Unklaren darüber, auf welchem Kontinent
sich mein Leben in Zukunft eigentlich primär abspielen
soll", beschreibt Kristina, die mit ihrem Partner vor zwei
Jahren nach Los Angeles zog, ihren inneren Konflikt.
Der Spagat zwischen neuer und alter Heimat bereitete
der Event-Managerin Karin Schmid hingegen weniger
Probleme. „Direkt Heimweh hatte ich nie, ich fuhr im
Jahr so zwei- oder dreimal nach München, um meine
Freunde zu treffen. Erst in letzter Zeit rührt sich leich-
te Sehnsucht nach deutschem kulturellem Hintergrund
in mir, ich begann vor kurzem deutsche Zeitungen zu
lesen und vermisse deutsche Bücher, Theater, Diskussionen, Gespräche." Nach einigen Jahren arbeitsinten-
siver Businessaktivitäten in Prag kehrte sie mit Pensions-
antritt nach München zurück. Sie könne gar nicht sagen,
ob sich dieses Gefühl einstellte in dem Moment, wo sie
die Entscheidung traf, nun wieder in Bayern zu leben,
oder ob die Entscheidung zur Rückkehr durch dieses Gefühl ausgelöst wurde. „Es ging irgendwie so ineinander
über", meint Karin Schmid.

„So langsam denke ich auch, dass das Leben im Ausland eben immer ein Leben bedeutet, bei dem man anders ist als die anderen, andere Kindheitserinnerungen
hat, andere Bücher gelesen und Lieder gesungen hat,
um nur kleine Beispiele zu nennen", zieht Wiebke Brinkmann nach Jahren in verschiedenen Ländern Bilanz und
fügt hinzu: „Ich sehne mich manchmal einfach danach,
dazuzugehören." Sie mag ihr Leben in Amsterdam, besonders wenn sie mit dem Fahrrad durch die Grachten
radelt. Trotzdem fehlt ihr nach unzähligen Länderwech-
seln manchmal die Geduld, immer wieder von vorne zu
beginnen. „In einer deutschen Stadt würde es auch Zeit
brauchen, aber hier noch länger und ab und zu will ich
einfach nach Hause." Auch wenn sie die Auslandsaben-

aufregend findet und genießt, empfand sie von An-
an eine tiefe Gewissheit: „Irgendwann gehöre ich
?r nach Hamburg zurück."

Die Rückkehr ist das größere Abenteuer

Anschaulich beschreibt die Journalistin Anja Reich in
der „Zeit" ihren langen Weg nach Hause. Sieben Jahre
lebte sie mit ihrem Mann und ihren beiden Kindern in
New York. Die Familie hat nie versucht, die Green Card
zu beantragen, da sie von Beginn an irgendwann wieder zurück nach Deutschland wollte. „Wenn man mich
fragt, wo ich zu Hause bin, weiß ich keine Antwort", sagt
Anja Reich, die 21 Jahre in der DDR und zehn Jahre in
der Bundesrepublik verbrachte und seit 1999 in Amerika
lebte. Wo sie sich wohler fühle, könne sie auch nicht
sagen. Das Gefühl der Zerrissenheit begleitete sie die
Jahre hindurch überall hin: „In Berlin fehlt mir die Energie von New York, und dort sehne ich mich nach der
Langsamkeit." Anja Reich erinnert sich auch an einen
Bekannten, der jahrelang in Washington gelebt hatte
und dem die Eingewöhnung in Deutschland wieder sehr
schwer fiel. Er hätte ihr kurz vor der Abreise gesagt, er
würde mittlerweile nach Menschen unterscheiden, die
einmal im Ausland gelebt haben, und solchen, die nie
ihre Heimat verließen. „Damals habe ich nicht verstanden, was er meinte. Heute weiß ich, dass es eine wichtige
Erfahrung ist, sein Leben einmal aus einer gewissen Distanz zu betrachten."
Die Person, die zurückkehrt, ist nicht die gleiche, die
ging. Sie ist nicht nur um Erfahrungen und Eindrücke
bereichert, sondern hat auch einen Veränderungspro-
zess durchgemacht, geprägt von einer fremden Umgebung, neuen Menschen und einer anderen Lebensweise.
„Über die Jahre wird das Fremde zum Vertrauten und

das Vertraute wird fremd", sagt Gabrielle Alioth. Sie kehrt immer wieder gerne in die Schweiz zurück, deren langsame, moderate Wandlungsfähigkeit sie zu schätzen weiß. „Natürlich fände ich es schwierig, die Farbe der Abfallsäcke wieder auf die meiner Nachbarn abstimmen zu müssen und mich an die unzähligen anderen Vorschriften zu halten, die den Schweizer Alltag regeln." Die Schriftstellerin spürt kein Verlangen, in der Schweiz wieder ihren Hauptwohnsitz aufzuschlagen, aber im Pass steht „Heimatort: Basel". Daran, so Alioth, wird sich nichts ändern. Die gebürtige Schweizerin hält es mit einem Freund, der meinte, Heimat sei eine Utopie, ein Nicht-Ort, etwas im Kopf. Und vielleicht auch im Herzen.

Wie viele Fallstricke die Rückkehr bergen kann, erfährt Brigitte Hild in der täglichen Praxis. Sie hilft Expatriates bei der Wiedereingliederung in ihre alte Heimat. Die Expertin warnt vor falschen Illusionen und davor, sich ein gemachtes Nest zu erwarten. Die Heimkehr ist genauso ein Neuanfang. Niemand könne nach zwei, drei, vier Jahren wieder dort anknüpfen, wo er vorher aufgehört habe. „Das wird häufig unterschätzt, aber die Rückkehr will ebenso sorgfältig geplant sein wie das Weggehen", sagt Brigitte Hild. Für die Beraterin kann die Vorbereitung auf die Rückkehr gar nicht früh genug beginnen. Als Brigitte Hild nach Deutschland kam, brauchte sie lange, um sich wieder richtig heimisch zu fühlen. „Als Faustregel kann man sagen: Es benötigt etwa ein Jahr, bis man wieder angekommen ist. Dann hat man alle wichtigen Termine, wie Geburtstage, Weihnachten und sonstige Feiertage, einmal erlebt."

„Liebe und Herzlichkeit" – Das ist Vietnam

Wer Elle Macchietto della Rossa über Vietnam erzählen hört, möchte am liebsten die Koffer packen und ins nächste Flugzeug nach Hanoi steigen. Als die gebürtige Salzburgerin 1992 das erste Mal nach Vietnam reiste, verliebte sie sich Hals über Kopf in das Land. Sie wusste: „Da will ich leben." Elle schwärmt vor allem für die Menschen dort. „Es ist für mich ein ganz besonderes, beeindruckendes Volk. Eigentlich müsste man von Völkern sprechen, denn in Vietnam leben 56 Minderheitenvölker."

Bevor Elle in ihr Wunschland zog, lebte sie sechs Jahre in Tokio. Die Übersetzerin für Japanisch und Französisch schrieb für die Handelsdelegation die „Austrian Business News" und stellte darin österreichische Exportfirmen und ihre Produkte vor. Fieberhaft überlegte sie damals, womit sie in Vietnam ihren Lebensunterhalt finanzieren könnte. Es gab zu jener Zeit weder eine österreichische Botschaft noch eine Handelsdelegation in Hanoi. „Ich hoffte auf die Eröffnung einer österreichischen Auslandsvertretung." In Tokio begann Elle eine Fotografenausbildung. Auf ihrer nächsten Vietnamreise im Jahr 1995 klapperte sie alle wichtigen internationalen ausländischen Nachrichtenagenturen ab. „Mir wurde gesagt, dass ich keine Chance auf eine Anstellung hätte. Nur die Agenturleiter durften ausländische Journalisten sein, alle anderen waren vietnamesischer Nationalität." Doch der Traum, als Fotojournalistin in Vietnam zu arbeiten, war geboren und wurde verfolgt: „Ich lernte in Hanoi einen Kanadier kennen, der versprach, für mich ein Business-Visum mit sechs Monaten Gültigkeit zu organisieren. In jenen Tagen lernte man als Reisender – ich fühlte mich ohnehin bereits als dort Lebende – an jeder Ecke interessante, aufgeschlossene Menschen kennen." Monate später traf die Visumbestätigung per Fax ein. „Mit dem noch druckfeuchten Fax in der Hand und einem sich vor Freude überschlagenden Herzen ging ich zu meinem Vorgesetzten", erinnert sich Elle, „und bat um einen freien Tag, mit dem Vorwand, ich hätte einen interessanten Fotoauftrag erhalten." Am nächsten Morgen fuhr Elle zur vietnamesischen Botschaft, holte ihr Business-Visum ab und kündigte am darauf folgenden Tag ihre Arbeit in Tokio. Etwa zwei Wochen später war es soweit: Sie reiste nach Vietnam, mit einem Koffer und einer schweren Kameraausrüstung im Schlepptau. Ohne konventionellen Arbeitsvertrag, aber mit einer aufregenden Vision. Natürlich war ihr auch mulmig, als sie die sichere und gut bezahlte Arbeitsstelle in Tokio aufgab. „Ich wusste ja nicht, was mich in Vietnam erwartet."

Vietnamesische Aufbrüche

Bevor sie in Gedanken nach Vietnam reist, lässt sie an diesem lauen Sommerabend im Wiener Café Prückel noch ihren Abschied von Japan Revue passieren. In Japan waren die Begegnungen oberflächlich und distanziert geblieben. Als sie ihr Haus in Tokio absperrte, den Schlüssel in den Postkasten fallen ließ und das Land nach sechs überwiegend glücklichen Jahren verließ, regnete es in Strömen. „Mein schweres Gepäck schleppte ich durch die enge Gasse zur Hauptstraße, wo Taxis fuhren. Kein Mensch war da, um mich zu verabschieden – nach sechs Jahren in einem Land, das ich gerne mochte. Es war ein eigenartiges Weggehen – doch mir war klar, dass meine Japanzeit zu Ende war." Sie verließ das Land ohne Groll, aber auch ohne Schwermut – sie freute sich auf den Anfang im Land ihres Herzens.

Angetrieben von Neugierde, wollte die Salzburgerin in eine andere Kultur eintauchen und erfahren, wie vielfältig und facettenreich das Leben ist. „Was lernt man schon im theoretischen Studium?", fragt sich Elle und fügt hinzu: „Gerade wenn es sich um so eine exotische Kultur handelt. Zu Beginn des Auslandsaufenthaltes weiß man gar nichts. Man muss alles auf sich zukommen lassen und offen sein."

Als Elle in Hanoi aus dem Flugzeug stieg, hüpfte ihr Herz vor Freude. Der vietnamesische Duft und das leuchtende Grün der Reisfelder sind jedes Mal ein Fest für die Sinne. Anfänglich wohnte sie in einer kleinen Pension. Als sie 1992 das erste Mal nach Vietnam reiste, gab es nur sehr wenige Touristen. Mittlerweile besuchen jährlich zwei Millionen Menschen das Land. Elle sieht den klassischen Touristen mit einem kritischen Auge: „Er hat zumeist wenig Zeit und will so viel wie möglich erleben; sehr oft das, was er schon kennt." Wenn man aber in einem Land lebt, wird man für seine Kultur sensibilisiert – wohl auch nicht jeder Mensch, aber jemand mit ernsthaftem Interesse ganz gewiss. Die ersten Monate lebte Elle hauptsächlich von Erspartem. Das Leben war billig, besonders im Vergleich zum teuren Japan. Doch als Ausländerin wurde sie durchaus zur Kasse gebeten. Es gab eine Zwei-Klassen-Politik: Gäste zahlten die doppelte Miete, auch wenn die Wohnungen nicht westlichen Standard besaßen. Telefon- und Energiekosten wurden doppelt verrechnet, und im lokalen Bus bezahlte man das Ticket zweimal. „Die Zwei-Preis-Politik ist schon vielen aufgestoßen. Vielleicht weniger jenen, die von ihrer Firma ins Ausland entsandt werden und ein dickes Paket Geld dafür erhalten. Aber sicher den Individualisten, die aus reinem Interesse dort leben und die ja auch viel weniger Geld haben", sagt Elle. Manchmal fühlte sie sich wie eine „Melkkuh, ausgenützt und permanent übers Ohr gehauen". Schwierig war – auch wenn sie es sich noch so sehr wünschte –, ihr Vorhaben umzusetzen, wie eine Vietnamesin zu leben. „Der tägliche Einkauf am Markt war mein anfänglicher Albtraum, solange man mir ansah, dass ich die Marktpreise nicht kannte. Und die änderten sich täglich. Auf den am Boden liegenden Tomaten gab es keine Preisschilder. Die Rosen waren einmal günstig und einmal teuer, beispielsweise bei Vollmond, wenn die Vietnamesen sie für den Tempelbesuch kauften. Aber wie sollte ich das alles wissen?" Die täglich frischen Zutaten, wie das soeben geschlachtete Huhn oder den noch zappelnden Fisch, bereitete sie selbst auf ihrem Gaskocher zu. „Ich besaß einen Kochtopf, zwei Teller, zwei Tassen, einen Reis- und einen Wasserkocher. Das Wasser kochte ich wie die Vietnamesen drei Minuten ab, bevor ich es trank. Ich wollte mich den örtlichen Gegebenheiten anpassen und kein abgefülltes Flaschenwasser kaufen, um so auch meine Immunkraft zu stärken." Bis sie eines Tages das schmutzig-braune Wasser des Hausbrunnens sah. Ab diesem Zeitpunkt ließ sie sich wöchentlich zehn Liter destilliertes Wasser liefern, wie es jeder Vietnamese, der es sich nur irgendwie leisten kann, auch tut. Trotz dieser kleinen Hürden lebte sie sich schnell ein.

Lebensliebe

In Vietnam hat Elle ihre große Liebe getroffen. „Ich glaube, wenn es Liebe gibt, dann war das Liebe – ich spürte sie mit jeder Körperfaser." Nach dieser intensiven Begegnung mit einem bekannten vietnamesischen Dokumentarfilmer mochte sie sich jahrelang auf keine Beziehung mehr einlassen. Ihrem Partner hätte Elle nie zugemutet, für sie sein Land zu verlassen. „Die menschliche Wärme, die man in Vietnam vorfindet, existiert bei uns nicht. Er gehörte dort hin. Vielleicht ist es schwer, diesen vermeintlichen Großmut in Europa zu verstehen. Ich wäre in Vietnam geblieben und hätte mich dort integrieren können, aber ich wusste, mein Partner wäre in meinem Land todunglücklich geworden. Und als Oberhaupt seiner Sippe hatte er nicht nur eine familiäre, sondern auch eine kulturelle Verpflichtung."

Schwieriger war das Erlernen der vietnamesischen Sprache mit ihren sechs Tönen. „Allein die Unterschiede in der Aussprache zu hören, ist eine Herausforderung, geschweige denn, sie selbst zu artikulieren. Ich besuchte Sprachkurse und hatte zwei hervorragende Lehrer." Auch wenn sich Elle ärgert, dass sie bis heute ihre Lieblingssuppe nicht korrekt auszusprechen vermag, konnte sie sich mit den meisten gut auf Englisch oder auch auf Französisch unterhalten.

Vietnam war eine Reise in die Vergangenheit, eine Reise in die Geschichte der Menschheit – als säße man in einer Zeitmaschine. Sie begegnete Kulturen, wo man heute noch wie vor hunderten von Jahren lebte. Die Werkzeuge sind aus Stein, man bestellt die Felder mit einfachsten Hilfsmitteln. Sie hat Menschen getroffen, die kein Geld kennen und mit ihren Waren Tauschhandel betreiben. „Es war, als würde ich wiedergeboren. Trotz der Fülle an Unbekanntem habe ich mich nie fremd gefühlt." Elle ist für diese wertvolle Erfahrung dankbar.

In Hanoi, wo sie wohnte, und in Saigon, wo sie gelegentlich hinfuhr, konnte sie die rasante Entwicklung und Veränderung der beiden Städte erleben – zwei Metropolen im Aufbruch und noch auf dem Weg zur Globalisierung.

Im Ausland zu leben, heißt für Elle, sich neu zu orientieren und eingefahrene Muster über Bord zu werfen. „Sonst wird das Leben in der Fremde schwierig." Es fiel der Fotografin leicht, enge Freundschaften zu schließen. „Die Frauen nehmen dich an der Hand oder umarmen dich. Sie sind ganz privat und stellen auch intime Fragen – das erschien mir anfangs fast zu wenig distanziert." Gleich beim ersten Treffen sind sehr persönliche Fragen ganz normal: „Was verdienst du? Warum hast du keine

Kinder? Wie alt bist du?" Der Kontakt zu ihren Freunden ist, auch acht Jahre nach ihrer Rückkehr aus Vietnam, nicht abgerissen. „Ich weiß, dass ich immer willkommen bin."

Angesprochen auf die Rolle der Frau in Asien, berichtet Elle von überwiegend positiven eigenen Erfahrungen. Allerdings, räumt sie ein, habe sie in Japan öfter von Ausländerinnen gehört, die in der U-Bahn begrapscht wurden. Das sei ihr zum Glück in den sechs Jahren kein einziges Mal passiert. „Rassismus habe ich schon kennen gelernt, und ich muss sagen, das ist eine sehr heilsame Erfahrung. Etwa wenn mich ein Taxifahrer nicht mitgenommen hat, weil er annahm, dass er mich nicht verstehen würde. Oft wurde ich im strömenden Regen stehen gelassen. Bei der Wohnungssuche war es ähnlich: Einige Appartements wurden nicht an mich vermietet, da ich Ausländerin bin."

Das Leben in Vietnam war ebenfalls nicht immer leicht. Schnell wurde Elle bewusst, dass sie allein schon optisch immer eine Außenseiterin sein würde. Als Europäer ist man in Asien etwas Besonderes – das ist einerseits schön, doch andererseits ist es anstrengend. „Außerdem glaube ich, dass man diese so andersartige Kultur nie ganz verinnerlicht, egal wie sehr man sich bemüht. Kultur ist ein Erbe, ein Gen, das man bei der Geburt mitbekommt."

Leidenschaft Fotografie

Sehr schmerzhaft wurde die Fotojournalistin Elle Machietto della Rossa aus ihrem vietnamesischen Leben gerissen. Im Anschluss an ihre kontroverse Fotoausstellung „Arbeit" im Goethe-Institut in Hanoi wurde ihr Visum nicht verlängert. Sie hatte nur wenige Tage Zeit, um das Land zu verlassen. „Für mich bedeutete diese Ausweisung eine Katastrophe. Meine beruflichen Säulen stürzten zusammen und vor allem mein glückliches Privatleben wurde regelrecht zerschmettert", erzählt Elle. Auch wenn sie gerne Grenzen auslotete, hatte sie mit ihrer Arbeit nichts Böses gewollt. „Ich habe lediglich gezeigt, was ist." Vielen Journalisten, die kritisch berichteten, wurden ihre Visa nicht verlängert. Sie selbst hatte nie daran gedacht, kein Visum mehr zu erhalten. „So wichtig kam ich mir bis zu diesem Zeitpunkt nicht vor. Später hörte ich noch über Umwege: Die Dame hat etwas falsch gemacht und muss deshalb ausreisen", sagt Elle. Details erfuhr sie nie. Die ersten Jahre in Österreich nach ihrer erzwungenen Rückkehr hat sie in schlechter Erinnerung: „Das war keine schöne Zeit für mich. Ich hatte schreckliches Heimweh nach Vietnam und dachte nie, dass Liebeskummer so wehtut und so lange andauern kann." Ein Jahr nach ihrer Ausweisung reiste sie für wenige Wochen erneut nach Vietnam. „Es war wunderschön. Schon beim Landeanflug auf Hanoi konnte ich nicht mehr reden, weil ich heulen musste", erinnert sich Elle an diesen Augenblick, und auch Jahre danach verschlägt es ihr dabei die Sprache. „Dieses Land war vom ersten Augenblick an ‚Heimat'. Dort fühle ich mich nach wie vor mehr zu Hause als in Österreich", erzählt Elle. Vietnam ist die Heimat ihrer Seele. Auch heute noch.

„Frauen brauchen ein Zimmer für sich allein"
„Cross-Cultural"-Psychologie

Mary Ann Bellini arbeitet als Psychologin mit eigener Praxis in Florenz. Sie studierte Psychologie in den USA und in Italien und ist jetzt Beraterin der Auslandsstudienprogramme an der Georgetown University, der California State University und der New York University. Die gebürtige Amerikanerin mit italienischer Staatsbürgerschaft ist spezialisiert auf „Cross-Cultural"-Psychologie.

Sie arbeitet schwerpunktmäßig mit Leuten, die ihr Heimatland verlassen haben, um anderswo zu studieren, zu arbeiten oder zu leben. Seit Jahren forscht Mary Ann Bellini, die Mitglied des italienischen Psychologenverbandes ist, zum Thema „Kulturschock und seine Folgen". Sie hat dazu bereits mehrere Studien veröffentlicht. Als unterstützende Maßnahme arbeitet Bellini auch mit Hypnose. Vor unserem Gespräch in ihrem Studio am Lungarno Cellini, einer ruhigen Ecke der touristenüberströmten Florentiner Altstadt, bereitete sie gerade einen Vortrag über Cross Culture für ihre Studenten am Institute of Fine and Liberal Arts im Palazzo Recullai vor.

Irene Mayer *Mit welchen Problemen kommen Frauen, die sich für ein Leben im Ausland entschieden haben, am häufigsten zu Ihnen?*

Mary Ann Bellini Man muss unterscheiden zwischen Studentinnen, so zwischen 18 und 28 Jahren, die für einen Erasmusaufenthalt nach Italien kommen oder einen Master machen und ein halbes Jahr oder ein Jahr hier leben, und Frauen, die wegen ihrer Arbeit oder ihrem Partner permanent im Ausland leben. Das sind zwei komplett verschiedene Lebenssituationen. Unter Studenten gibt's Probleme, wenn sie sich schwer tun, sich an das fremde Ambiente zu gewöhnen, unter Heimweh leiden oder sich unter Druck gesetzt fühlen. Mitunter gibt es Schwierigkeiten im Umgang mit Alkohol. In den USA beispielsweise ist Alkoholkonsum bis zum Alter von 21 Jahren strikt verboten, doch in Europa können sie überall trinken. Das verkraften nicht alle, und das kann manchmal zum Problem werden. Ein häufiges Thema sind Essstörungen, die zwar nicht durch einen Auslandsaufenthalt ausgelöst werden, sondern die schon früher da waren, durch neue Situationen aber wieder stärker auftreten können. Ein Problem für Frauen, die permanent hier leben, ist das Fehlen eines Netzwerkes – ohne

Freunde und Familie –, was vielen zu schaffen macht. Und dann natürlich die erhöhte Schwierigkeit, eine adäquate Arbeit zu finden. Am Anfang herrschen Euphorie, Neugierde und „Honeymoon"-Gefühle, später können Kommunikationsprobleme mit dem Partner oder auch am Arbeitsplatz hinzukommen. Ein kritischer Moment ist jener nach der Geburt eines Kindes. Denn da gibt es oft eine Phase, in der sich die Frau besonders sensibel und alleine fühlt. Vor allem dann, wenn sie nicht über ein entsprechendes soziales Netz verfügt.

I.M. *Heimat ist vor allem für diejenigen ein Thema, die ihre Heimat verlassen haben. Es verwundert nicht, dass Heimweh und Nostalgie, aber auch das Gefühl der Isolation doch immer wieder Thema sind für jemanden, der im Ausland lebt.*

A.B. Oft passiert es, dass Frauen, die wegen einer Beziehung ins Ausland übersiedeln, meist unbewusst für alles, was nicht funktioniert, den Partner verantwortlich machen. Da können dann zum Beispiel öffentliche Verkehrsmittel, die zu spät fahren, oder eine nicht eingehaltene Verabredung schnell zum Konfliktpunkt werden. Der berühmte Tropfen, der das Fass zum Überlaufen bringt. Nach dem Motto: „In diesem Land funktioniert nichts." Da der Ehemann oder Lebensgefährte als Teil des Systems gesehen wird, das man ablehnt, kann sich das negativ auf die Partnerschaft auswirken. Aber es ist wichtig, zwischen dem Land und seinem Partner zu unterscheiden, da dies ja zwei verschiedene Dinge sind. Hinzu kommt: Wenn du keine Freunde oder guten Kontakte hast, kann es noch schwieriger sein, weil du nur den Partner hast. Das führt dazu, dass du von ihm alles erwartest. Das soziale Netz beschränkt sich auf seine Kontakte – seine Freunde, seine Eltern, seine Kollegen, seine Verwandten. Vor allem in der Anfangszeit, wenn du noch nicht deinen eigenen Kreis gefunden hast. Aber dabei läuft man Gefahr, etwas von seiner Identität zu verlieren. Es passiert immer wieder, dass Frauen in meine Praxis kommen und feststellen: Ich erkenne mich nicht wieder, ich habe mich total verändert. In meinem Land arbeitete ich, fuhr überall mit dem Auto hin. Hier mache ich nichts mehr. Das formt eine andere Identität. Doch dabei muss man genauer hinsehen, denn Auto fahren kann man hier genauso, eine Frau ist keine Gefangene.

I.M. *Sie haben sich in Ihren Studien ausführlich mit dem Kulturschock beschäftigt, der in mehreren Phasen abläuft. Gibt es bei einer Person bestimmte Eigenschaften, die einen Kulturschock ermöglichen oder trifft es jeden, der im Ausland lebt?*

A.B. Auf die eine oder andere Weise kann es jeden treffen. Fast alle kennen das Phänomen. Es gibt einen kleinen Prozentsatz, denen ein so genannter Kulturschock erspart bleibt, und zwar sind das die, die bereits von klein auf in verschiedenen Ländern gelebt haben oder auch all jene, die beispielsweise einen Erasmusaufenthalt absolviert haben und auf diese Weise die Realitäten anderer Länder kennen gelernt haben. Doch ein Kulturschock ist keine statische Angelegenheit, es gibt Höhen und Tiefen, das kann in den ersten Jahren passieren, aber auch erst nach fünf Jahren. Das hängt auch sehr stark von der jeweiligen Lebensphase der Person ab. Wenn sich jemand um seine kranken Eltern sorgt, die er im Heimatland zurückließ, in der Wahlheimat aber Mann und Kinder hat, ist das eine kritische Situation. Im Prinzip verläuft der Kulturschock in fünf Phasen. Zu Beginn herrscht Euphorie, die von Irritation und Feindseligkeit abgelöst werden kann. Später folgen Regression, schließlich eine stufenweise Anpassung und zuletzt das Erleben einer Bi-Kultur. In diesen schwierigen Phasen können Gefühle von Angst, Panik, aber auch Trauer über die verloren gegangenen Anhaltspunkte des bisherigen Lebens auftreten. Studien haben gezeigt, dass Frauen in diesem psychisch geschwächten Zustand leichter Opfer von Mobbing werden. Das kann sowohl am Arbeitsplatz passieren – aber auch in der Gesellschaft allgemein – wie im Wohnviertel oder in der Schule der Kinder. Das Gefühl der Isolation verschärft die Krisensituation zusätzlich und wird durch Sprachprobleme häufig noch verstärkt.

I.M. *Können Sie Schutzmechanismen für Geist und Seele empfehlen, um einen Kulturschock zu vermeiden und sich im Ausland leichter zurechtzufinden?*

A.B. Wie ich bereits erwähnt habe, helfen sicher frühere Auslandserfahrungen. Wir sind in der Lage, uns ständig zu verändern. Neue Studien widerlegen die These, dass älteren Menschen Veränderungen schwerer fallen. Das stimmt nicht. Sicher hilft eine gute Vorbereitung, sich vorab durch Bücher und das Internet über die neue Wahlheimat zu informieren. Je mehr Informationen, desto besser. Dann hilft es auch, wenn man sich rechtzeitig auf den Moment der Veränderung einstellt und einlässt. Eine Kontaktquelle sind internationale Frauengruppen, als Netzwerk und Unterstützung. Auch ich gehe nach wie vor, wenn es meine Zeit erlaubt, zu solchen Veranstaltungen. Unterstützung ist wichtig, und diese Gruppen gibt es in allen größeren Städten. Das kann den Start sehr erleichtern.

I.M. *Ihre obigen Aufzählungen betreffen den organisatorischen und praktischen Aspekt, aber wie kann man sich auf der psychischen Ebene für einen Neustart in einem fremden Land rüsten?*

A.B. Was die psychische Seite betrifft, ist die Sache sicher schwieriger. Unser Verhalten ist in unserem tiefsten Inneren kulturell geprägt und entzieht sich unserem Bewusstsein. Es lässt sich daher bewusst auch nicht unbedingt steuern oder kontrollieren. Unsere Werte, Verhaltensweisen und Gewohnheiten, die uns in unserer Herkunftsgesellschaft Sicherheit geben, lassen sich nicht einfach auf die neue Gesellschaft umlegen. Daraus ergeben sich Probleme. Die meisten von uns sind aber neugierig auf neue Ideen, Weltanschauungen und Kulturen. Es ist vielleicht die größte Herausforderung in diesem Jahrtausend, in einem bisher noch nicht gekannten Ausmaß neue Länder und fremde Menschen zu entdecken. Ich denke, es ist für jede Frau wichtig, unabhängig vom Ort, an dem sie lebt, ihre eigenen Ziele zu verfolgen. Auch sich zeitlich bestimmte Ziele zu setzen, ist hilfreich, wie zum Beispiel der Plan: In drei Monaten beginne ich einen Sprachkurs. Gerade mit kleinen Kindern ist es nötig, Zeitinseln für sich zu schaffen. In der eigenen Wohnung einen Raum für sich zu gestalten, auch wenn die Wohnung klein ist, einen Ort zu finden, wo ich mich zum Lesen, Schreiben oder Telefonieren zurückziehen kann.

I.M. *Das Beherrschen der Sprache ist also unerlässlich, um sich in der Wahlheimat wohl zu fühlen?*

A.B. Eine neue Sprache zu lernen, bedeutet, eine neue Kultur zu lernen. Du musst vieles im Alltagsleben neu definieren, zum Beispiel: Wie verhalte ich mich im Geschäft oder am Telefon? Man kann es mit einem Kind vergleichen, das gehen und sprechen lernt. Das trifft klarerweise nicht auf alle zu. Ich hielt kürzlich einen Workshop für internationale Wirtschaftsleute. Jemand, der im internationalen Umfeld tätig ist und bereits in verschiedenen Ländern gelebt hat, kann zwar vielleicht die Sprache noch nicht, weiß sich aber zu organisieren. Er hat natürlich einen Erfahrungsvorsprung gegenüber jemandem, der zum ersten Mal im Ausland lebt. Es gibt selbstverständlich auch viele positive Seiten, die erst durch Veränderung und durch das Lernen einer neuen Sprache möglich werden. Neue Erfahrungen können sehr belebend und euphorisierend sein. Doch es kann auch Angst vor dem Versagen auftauchen. Wichtig dabei ist, seine eigene Identität nicht aufzugeben.

I.M. *Aber ist es nicht oft eine schmale Gratwanderung zwischen Anpassung und Identitätsbewahrung? Die stän-*

dige Frage: Wie weit lasse ich mich auf die neue Kultur ein, ohne meine eigene zu vernachlässigen?

A.B. Das kann zu Konflikten und widersprüchlichen Gefühlen führen. Bis zu einem gewissen Grad muss man sich natürlich einlassen. Denn man kann nicht so tun, als ob man weiterhin in seinem Land leben würde. Das führt zu keiner positiven Erfahrung. Studenten und Studentinnen, die sich wirklich einlassen und bei einer Gastfamilie leben, machen andere Erfahrungen als jene, die wieder nur mit ihren Landsleuten zusammen sind. Viele Ausländerinnen, die in Florenz leben, klagen, dass es sehr schwierig ist, Freundschaften mit italienischen Frauen zu knüpfen. Ich denke, dass die italienische Kultur allem Neuen – neuen Leuten, neuen Dingen – erstmal eher misstrauisch gegenübersteht. Es ist ein sehr traditionelles Ambiente, in sich geschlossen. Ich denke, das ist kein frauenspezifisches Problem, auch ausländische Männer kämpfen damit. Bei Frauen kommt oft noch hinzu, dass sie als Konkurrenz angesehen werden, weil sie freier leben oder anders sind.

I.M. *Wie bereiten Sie Businessleute auf ihren Auslandsaufenthalt vor?*

A.B. Ich sehe es als meine Aufgabe, meinen Klienten vor allem den Arbeitsstart in einem fremden Land zu erleichtern. Dazu zählen Kontakte und der Umgang mit Kollegen, aber auch lokale Gepflogenheiten, Verhaltensregeln und Grundzüge der Tradition und der Geschichte des Landes. In Italien, wie in den meisten europäischen Ländern, fällt Geschäftsleuten diese Umstellung relativ leicht. Viel schwieriger ist die Situation oft für den mitreisenden Partner, in den meisten Fällen die Partnerin. Auch wenn in den vergangenen Jahren die Zahl der im Ausland arbeitenden Frauen deutlich gestiegen ist.

I.M. *Vor welche Herausforderungen wird eine Partnerschaft durch das Abenteuer Ausland gestellt?*

A.B. Der arbeitende Partner ist natürlich im Vorteil, weil er sein Arbeitsgebiet meistens ja schon kennt, während der nicht arbeitende Teil den Alltag im Ausland organisieren muss, wie zum Beispiel die Schulwahl für die Kinder zu treffen. Weiters muss man sich als Neuankömmling in der ungewohnten Situation zurechtfinden, erstmal ohne bekannte Kollegen und Freunde auszukommen. Leichter ist es, wenn ein Paar gemeinsam einen Umzug beschließt – sei es aus Neugier oder aus Lust an der Veränderung. Immer mehr Menschen können dank Internet ja mittlerweile überall arbeiten. Wenn die Entscheidung gemeinsam getroffen wurde und beiderseitiges großes Interesse an einer Veränderung besteht, wirkt sich die neue Erfahrung meist sehr positiv und verbindend auf die Beziehung aus.

I.M. *Oft klagen Leute trotz aller positiven Erfahrungen in ihrer Wahlheimat und obwohl sie ihre Entscheidung nie bereuen, über ein Gefühl der Zerrissenheit. Sie fühlen sich weder ihrer alten noch ihrer neuen, meist selbst gewählten Heimat zugehörig.*

A.B. Das ist gar kein seltenes Phänomen. Es kann sich als Gefühl des Verlustes oder in der Angst, alte Kontakte zu verlieren, äußern. In solchen Phasen kann es helfen, besonders intensiven Kontakt mit seinen daheim gebliebenen Freunden zu pflegen. Wichtig ist die Kommunikation: offen über dieses Gefühl sprechen, Kontakte intensivieren, mehr schreiben, mehr telefonieren. Und sich bewusst machen, dass dieses Gefühl vorübergehend ist und natürlich zu einem gewissen Zeitpunkt auch wieder aufhört.

I.M. *Kommen auch Leute zu Ihnen, die Rat suchen, weil sie wieder in ihr Geburtsland zurückkehren möchten?*

A.B. Das kommt nicht so oft vor. Öfter passiert es, dass Leute überlegen, mit ihrem Partner, den sie im Ausland kennen lernten, in die Heimat zurückzukehren.

Glücklich im Ausland

Tipps für Pionierinnen

Die Frauen, die als Pionierinnen den Weg in die weite Welt geebnet haben, ließen mich in den Gesprächen bereitwillig an ihrem Erfahrungsschatz teilhaben. Die Tipps, die ich Ihnen natürlich nicht vorenthalten möchte, sind bunt gemischt und betreffen verschiedene Lebensbereiche – von der Organisation bis zur Psyche. Ich habe sie im folgenden Kapitel zusammengefasst. Der übereinstimmende Tenor lautet: „Jede sollte für eine Weile einmal ins Ausland gehen. Einfach um mit eigenen Augen zu sehen, was eigentlich wirklich los ist in unserer Welt. Man muss ja nicht gleich auswandern." Aufmunternder Nachsatz: „Am besten, man bleibt, solange es gefällt, zurückkommen kann man noch immer!"

Gute Vorbereitung

Nehmen Sie sich genügend Zeit für die Vorbereitung und Planung. Knüpfen Sie Kontakt mit Leuten, die sich im Land auskennen oder schon einmal dort gelebt haben. Scheuen Sie sich nicht, professionelle Hilfe in Anspruch zu nehmen – etwa bei eigens auf „modernes Nomadentum" spezialisierten Beratern. „Ich denke, man erspart sich viel, was man sonst erst mühsam erarbeiten müsste", weiß Wiebke Brinkmann aus eigener Erfahrung. Man sollte sich gut überlegen, in welche Gegend der neuen Stadt man zieht. Am besten erkundigt man sich bei Menschen, die die Stadt kennen. So findet man am schnellsten die für seine Bedürfnisse passenden Stadtviertel – und landet als Familie mit kleinen Kindern nicht im quirligen

Ausgehbezirk der Metropole oder als Student in einem Wohnviertel mit mehr Spielplätzen als Lokalen. Damit es einem bei der Ankunft in einem neuen Land nicht gleich die Sprache verschlägt, empfiehlt es sich, rechtzeitig Sprachkurse zu besuchen. Nachbarschaftsgespräche oder wichtige Behördengänge, Bekanntschaften und Freundschaften laufen eben nur, wenn man die Sprache zumindest gut beherrscht und am besten einen Großteil schon vorher lernt. Vor Ort fehlt oft die Zeit, oder man bleibt auf das deutschsprachige „Ghetto" beschränkt und wurstelt sich halt so durch. „Ich finde, für die Kinder, die enorm von der Zweisprachigkeit profitieren, gilt dasselbe. Pensionisten, die ihren Lebensabend auf Mallorca verbringen wollten, gehen häufig wegen mangelnder Sprachkenntnisse und der mangelnden Kommunikation mit Einheimischen zurück in ihr Heimatland", erzählt die Übersetzerin und Reiseleiterin Brunhild Seeler-Herzog.

Bereitschaft, sich einzulassen

In ihrem Buch „Gebrauchsanweisung für Südfrankreich" rüstet Birgit Vanderbeke Leser mit allem aus, was sie wissen müssen, bevor sie in den Urlaub Richtung Süden aufbrechen. Für Auswanderer, die beschließen, sich dauerhaft in der Provence niederzulassen, gibt es im Wesentlich einen – allerdings ganz entscheidenden – Hinweis, findet die Autorin: „Vergessen Sie alles, was Sie über das Alltagsleben zu wissen meinen, auch wenn das eigentlich nicht geht; aber ein neugieriger Anfang bei null ist zum Beispiel in Frankreich eine gute Voraussetzung, um hier das sehr schöne ‚savoir vivre' zu erwerben." Österreichern und Deutschen stehe da oft ihr Verordnungswesen ein wenig im Weg, das in Frankreich wie anderswo nicht besonders viel gilt – und Franzosen mögen es nicht, wenn man ihnen vorhält, wie es woanders gemacht wird.

Man darf Dinge nicht an Maßstäben messen, wie man sie von zu Hause gewohnt ist, merkt Ute Matthiesen-Gödecke an. „Man muss anders denken, in dem Kontext, der in der neuen Umgebung gilt. Deutschland ist Deutschland, Italien ist Italien." Es gibt kein Patentrezept für einen geglückten Auslandsaufenthalt. Wenn Ute an all die Leute denkt, die sie im Laufe der Jahre kennen lernte und die wieder zurückgingen, fällt ihr eine Gemeinsamkeit auf: „Vielleicht haben sie zu weit gedacht. Ich glaube, es ist nicht gut, bereits heute für die nächsten zehn Jahre zu planen. Da ist der Druck so groß. Kleine Schritte sind besser, alles Weitere ergibt sich."

Neben Mut und Neugier, die es für den Sprung ins Ausland braucht, sind in folgendem Punkt alle Interviewpartnerinnen einer Meinung: Wer seine Erwartungen und Ansprüche herunterschraubt, erleichtert sich den Neustart ungemein. „Legen Sie Ihren Scheuklappenblick ab, versuchen Sie es mit Geduld, Humor und Gelassenheit", rät Bettina Röder. Sie ermuntert zu einem nachsichtigen Umgang mit sich selbst: „Überfordern Sie sich nicht durch Ihre eigenen hohen Erwartungen, gestatten Sie sich Fehler und geben Sie sich Zeit." Für eine zermürbende Bürokratie sollte man sich ebenfalls nervlich rüsten. Auch hier gilt, so der Rat von Margit Menzl, die Erwartungshaltung so niedrig wie möglich anzusetzen. „Denn wenn man gewohnt ist, dass man in einem Sozialstaat wie Österreich lebt, muss man erstmal zu Rande kommen mit stundenlangem Anstellen, Arbeitsbewilligung für Ausländer trotz EU, was zur absoluten Qual werden kann." Nicht zuletzt muss man in südlichen Ländern als Frau mit einer schwierigeren Stellung rechnen, vor allem in einer leitenden Position, wie die Direktorin eines Sprachinstituts aus eigener Erfahrung weiß. Das Positive an den Mühen: „Es ist eine gute Schule, eine Top-Schule fürs Vorwärtskommen."

Interessengemeinschaften im Internet, aber auch internationale Frauengruppen und Women Business Clubs sind gute Anlaufstellen, um vor Ort Kontakte zu knüpfen. Sie bieten neben wichtigen Infos zum Leben und Arbeiten im Ausland auch ein Netzwerk und Unterstützung. „Mir hat geholfen, mich einer Internet-Gemeinschaft für Deutsche in Italien anzuschließen", berichtet Bettina Röder. Man erhält dort viele praxisbezogene Tipps. Das Zusammengehörigkeitsgefühl in solch einer Gruppe hilft dabei, Heimweh zu überstehen, Wut, Frust oder Enttäuschung rauszulassen und Gleichgesinnte zu finden. Auch hier gilt: Geduld mit sich und seiner Umgebung. Man muss nicht den Ehrgeiz haben, nur Einheimische als Freunde zu finden und sich total einzuleben. Das setzt einen mitunter mehr unter Druck, als es beim Aufbau eines neuen Freundeskreises hilft. Besser und oft leichter zu realisieren ist ein bunt gemischtes Netzwerk aus Bekannten, Nachbarn, Kollegen und Freunden – was nicht weniger spannend ist! Die Vietnam-Kennerin Elle Macchietto della Rossa rät künftigen Auswanderern: „Zeig den Menschen, dass du sie magst. Das spüren sie. Ich habe mich der Kultur immer bestmöglich angepasst und bin im Umgang mit Menschen sehr respektvoll. Ich habe immer viel bekommen, weil ich allen Menschen Wertschätzung entgegenbringe. Ich mag Menschen, egal welchen Ranges, welcher Hautfarbe und welchen Berufs. Ich interessiere mich für sie, und das fühlen sie. Sei intuitiv und vertraue dem Universum. Öffne die Sinne und geh mit offenem Herz und wenig Erwartungen in die Welt hinaus."

DANK

Ich bedanke mich beim Verlag *Orac/Kremayr & Scheriau* für die Möglichkeit, dieses Buch zu veröffentlichen. Besonderer Dank gilt Programmleiterin Barbara Köszegi für ihre motivierende Unterstützung und das entgegengebrachte große Vertrauen.

Bedanken möchte ich mich bei meinen Gesprächspartnerinnen: besonders bei Gabrielle Alioth für das bereichernde Treffen in Zürich und unseren inspirierenden Austausch, bei Magdalen Nabb für den wunderbaren Nachmittag in ihrem Traumgarten mitten in Florenz, an den ich oft zurückdenke, bei Barbara Schwenniger für die Gastfreundschaft und den köstlichen Wein aus eigenem Anbau, bei Wiebke Brinkmann für die Eröffnung neuer Horizonte. Ein ganz herzliches Dankeschön an Margit Menzl für unser anregendes Gespräch in der „Alten Post" und für die vielen beglückenden römischen Abende, die darauf folgten.

Meinen lieben Freundinnen und Freunden in Wien und anderswo möchte ich danken für die unzähligen Telefonate, für die Wanderungen, für die Frühstücke und für die langen Abende bei anregenden Diskussionen und gutem Essen, die mir eine willkommene Erholung in den Schreibpausen waren. Danke an Brigitta Kroiss, Martina Postlmayr, Barbara Rohregger, Martin Wagner und Alexandra Busch.

In Dankbarkeit bin ich meiner Familie Anna Mayer, Erich Lichtkoppler und Irmgard Mayer verbunden.

Von ganzem Herzen danke ich meinem Mann Mahmoud Kilani, dem dieses Buch gewidmet ist und das es nicht gäbe, wenn wir uns nicht dank einer wunderbaren Fügung in Rom begegnet wären.

LEBENSHILFE

SELBSTBEWUSSTSEIN FÜR FRAUEN

Marie-Theres
Euler-Rolle

Jetzt rede ich!

Wer selbstsicher auf-
tritt, setzt sich durch

160 Seiten
Format 13,5 x 21,5 cm
fester Einband

ISBN 978-3-7015-0498-9
Orac, 2007

Wer selbstsicher auftritt, setzt sich durch
Frauen, zeigt, was ihr könnt! Das ist die Botschaft von
Marie-Theres Euler-Rolle in „Jetzt rede ich!". Das Buch
bietet Hilfestellungen für die Kommunikation im Berufs-
alltag und unterstützt Frauen dabei, eine konkrete
Vorstellung davon zu entwickeln, wer sie sein möchten
und wie sie ihr Ziel am besten erreichen. Zahlreiche
praxisnahe Anregungen helfen, die individuell richtige
Kommunikationsstrategie zu entwickeln, sich selbst
optimal darzustellen und in Sprache und Körpersprache
auf Erfolgskurs zu steuern.

Orac

AUF REISEN
SICH SELBST ENTDECKEN

Susi und Katja
Piroué

**Als Single
unterwegs**

Vom Vergnügen, mit
sich selbst zu reisen

160 Seiten
Format 13,5 x 21,5 cm
gebunden mit
Schutzumschlag
ISBN 978-3-7015-0476-3
Orac, 2005

*„In dem Buch erzählt Piroué von den Existenzproblemen und
Ausbruchsphantasien eines ‚Einzelexemplars' in der ‚Gesellschaft der Duos und Multis'. Bei ihrer Entdeckung der Langsamkeit und Einsamkeit per Privatauto oder Pedes plädiert die
Autorin für Auszeiten, Abstecher und Umwege als den schnellsten Weg zu sich selbst." (FAZ, 29.12.2005)*

Zwei Frauen aus zwei Generationen erzählen höchst
unterhaltsam vom Vergnügen, mit sich selbst zu reisen;
davon, was zu bedenken, wofür vorzusorgen ist; und von
all den schönen, spannenden und manchmal auch ärger-
lichen Dingen, die einem widerfahren können.